Grünes Wasser, grüner Himmel

Mavis Gallant

Grünes Wasser, grüner Himmel

Roman

Aus dem Englischen von Reinhild Böhnke

Edition Anna Jeller

Für Diarmuid Russell

Die Originalausgabe erschien unter dem Titel
»Green Water, Green Sky« 1959 bei *Houghton Mifflin*,
Boston.

Übersetzung: Reinhild Böhnke
Lektorat: Natalie Tornai
Cover, Gestaltung und Satz: Wilhelm Schäfer, typocepta
Gesetzt aus der Calluna und der Hand Gothic
Druck: Theiss, St. Stefan

Printed in Austria
ISBN 978-3-9504474-1-5
www.annajeller.at

Ja, nun bin ich in den Ardennen, ich Narr;
da ich zu Hause war, war ich an einem bessern Ort,
aber Reisende müssen sich schon begnügen.

Wie es euch gefällt, Zweiter Aufzug
(übersetzt von A. W. Schlegel)

I

Sie verschwanden für einen Tag und verließen ihn, auf die hinterhältigste, raffinierteste Weise, die man sich vorstellen kann. Nichts in ihren Gesichtern deutete auf den bevorstehenden Verrat hin, als sie an diesem Morgen mit ihm beim Frühstück saßen, draußen auf der Hotelterrasse, wenige Schritte vom Canal Grande entfernt. Hätte man ihm einen langen Stock gegeben, einen Besenstiel zum Beispiel, hätte er die nahezu unbewegliche morgendliche Brühe umrühren können, die halben Apfelsinen, die breiigen Melonen, die faulenden Salatblätter, schwarz unter Wasser, grün an der Oberfläche. Wasser schwappte gegen die Gondeln, die unten an der Terrasse festgemacht waren. An diesen Laut, das leise, träge Schwappen, erinnerte er sich sein ganzes Leben lang. Er hörte, wie sie bei Tisch sagten, dass sie nie wieder im August hierherkommen würden. Sie drängten ihn zu essen und lenkten seine Aufmerksamkeit auf die Gondolieri. Er lehnte alles ab, was sie ihm anboten. Es war wie immer, außer dass er wenige Minuten später in einem offenen Boot saß und mit Tante Bonnie und Florence durch das schäumende Wasser hinüber zum Lido fuhr. Flor und Tante Bonnie drängten sich nach vorn zum Bug und setzten sich auf eine Bank, und Tante Bonnie zog George zu sich, so dass er halb auf ihrem Schoß saß. Bequem war das nicht, weil sich dort eine Strandtasche mit Badetüchern befand. Der Wind hob Flors langen Pferdeschwanz hoch und wehte ihn George übers Gesicht. Die Haare seiner Cousine rochen warm und so kupfrig, wie sie aussahen. Kein unangenehmer Geruch. Trotzdem, es war eine Gemeinheit, und er begann zu quengeln: »Wo sind *sie*?« Doch der Wind blies so heftig, dass man nichts verstehen konnte.

Er hatte den größten Teil des Vormittags am Strand verbracht, ehe er sich vor Tante Bonnie in ihrem Liegestuhl aufpflanzte und fragte: »Wo sind sie hingegangen? Kommen sie hierher?«

Tante Bonnie ließ ihr Buch sinken und sah George mit gerunzelter Stirn besorgt an – in seiner Erinnerung ein altes Gesicht, ein ängstliches Gesicht. Sie saß unter mehreren, immer kleiner werdenden Scheiben; zuoberst ein riesiger, gestreifter Strandschirm, darunter ihr eigener, verblichener Sonnenschirm, dann ein farbloser Strohhut. Sie sagte: »Ja, weißt du, das ist so, Georgie, sie sind heute allein weggegangen, wollten mal einen Tag für sich haben. Du darfst nicht so egoistisch sein. Sie schauen sich nur alte Bilder an. Du bist doch bestimmt lieber am Strand, als dass du dir Bilder anschaust …«

»Ich würde mir viel lieber Bilder anschauen«, sagte George.

»… und deshalb haben wir dich an den Strand mitgenommen«, sagte Tante Bonnie und hörte gar nicht zu. »Du darfst nicht immer nur an dich denken. Deine Mutter hat nie eine freie Minute. Diese Reise ist überhaupt kein Vergnügen für sie.«

Oh, sie hatten es prächtig eingefädelt. Erst waren sie draußen auf der heißen Terrasse gewesen, hatten ihm die Gondolieri gezeigt und ihn dann mit Tante Bonnie und Flor allein gelassen.

Selbst Jahre später, wenn sie von jenem Tag sprachen und seine Eltern sich wunderten, wie sie es nur übers Herz gebracht hatten, sich auf diese Weise davonzustehlen, ohne eine Andeutung oder Erklärung, selbst wenn sie zugaben, dass es so ziemlich das Schlimmste war, was man einem Kind antun konnte, spürte er zu seinem Ärger, dass sie sich im Grunde zu ihrer Tat beglückwünschten. Er war ein eigensinniger, verzogener, weinerlicher kleiner Junge gewesen, und einige Leute, zum Beispiel Tante Bonnie, behaupteten, dass seine Eltern fast Angst vor ihm gehabt hätten. Seine Fairlie-Cousins hatten ihn »das Monster« genannt, während die Verwandten seiner Mutter – ernsthaft besorgt – des Öfteren sagten, man bereite ihn schlecht auf die Schicksalsschläge und Widrigkeiten des Lebens vor und er würde das seinen Eltern später nicht danken. Wie es sich ergab, hatte sich George gut entwickelt. Mit siebzehn war er für seine Eltern eine triumphale Rechtfertigung für ihre Höllenjahre. O mein Gott, wie er mit fünf war, sagte seine Mutter oft lächelnd und kopfschüttelnd. Und erst mit sieben! Damals hatte er ihnen den Urlaub in Venedig verdorben, obwohl sie sich immer selbst die Schuld dafür gegeben hatten; sie hätten nie für einen Tag fortgehen, sich so hinter seinem Rücken wegstehlen dürfen. Es hätte ihn fürs Leben zeichnen können. Das war in der Tat ein beunruhigender Gedanke. Und wie nach einer überstandenen Gefahr üblich, kamen sie immer wieder darauf zurück. »Weißt du noch, George, damals in Venedig mit Bonnie und Flor?«

Natürlich erinnerte er sich. Er besaß noch immer sechs von den kleinen Herzmuscheln, die er am Lido gesammelt hatte. Er erinnerte sich an die leuchtenden Sonnenschirme, schief im heißen Wind, und an Flor, seine Cousine: dünn, sonnengebräunt, vierzehn Jahre, die genau in der Mitte eines Schattenkreises saß: Sie saß da, schaufelte mit den Fingern Sand und blickte hinaus auf das ruhige Meer. Wenn es nach ihr gegangen wäre, hätte George ertrinken können. Er stapfte ganz allein durch den Sand, rot wie eine Tomate, blond, tief verletzt, ziemlich fett. Das Meer war so glatt, so ruhig, so dickflüssig vor Hitze, man hätte darauf laufen können. Er sammelte Muscheln: schwarze, braune, rosarot-weiße mit fein gezackten Rändern. Tante Bonnie trug sie in ihren Taschen für ihn nach Venedig, und jetzt waren noch sechs davon übrig. Zusammen mit ungefähr hundert anderen Dingen, von denen er sich nicht trennen konnte, lagen sie in einem Schuhkarton. Er besaß noch ein weiteres Relikt aus Venedig, eine Glasperle. Sie stammte von einer Kette, die Flor gehört hatte. Sie hatte die Kette an diesem Tag gekauft, an einem Stand direkt an der Anlegestelle des Bootes vom Lido. Die Uhr auf der Piazza begann die Mittagsstunde zu schlagen, und die Luft füllte sich mit Tauben und einem metallischen Klang. Sie stiegen nacheinander und in geordneter Manier aus dem Boot, als Flor plötzlich davonschoss und mit der Kette in den Händen zurückkam. Tante Bonnie hatte noch nicht zu Ende gesprochen: »Oh, gefallen dir diese Glasperlen, Flor? Dann würde ich dir lieber etwas Anständiges ...«

Die Kette riss einen Augenblick später, als Flor sie zum ersten Mal über den Kopf streifte, und die Glaskugeln rollten und sprangen nach allen Seiten über das Pflaster; Tauben flatterten ihnen nach, weil sie die Perlen für Körner hielten. Die zerreißende Kette, der heiße Wind, die aufgeregte Flor. Sie zog die

Perlen, die sie noch in den Händen hielt, von der Schnur und warf sie den anderen hinterher, wobei sie wie wild die Arme hochriss. »Hör doch auf damit«, rief ihre Mutter, denn die Leute sahen schon herüber, Flor wirkte ziemlich verrückt, mit fliegendem Haar und wehendem Kleid, man konnte den gestärkten Petticoat darunter sehen und die sonnengebräunten Oberschenkel. Und der arme kleine George, der sich plötzlich Sorgen machte, was die Umstehenden wohl dachten – dieser neue, hektische kleine George flitzte hierhin und dorthin und las die großen, rhombenförmigen Perlen unter den Füßen der Leute auf. Als er sich aufrichtete, die Hände voller Schätze, sah er, dass Florence wütend war und es gleichzeitig genoss, alles auf einmal. Ihre Hände waren noch ausgestreckt, als wolle sie aller Welt einen Stoß versetzen. Aber vielleicht hatte er sich das nur eingebildet, denn sie ging ruhig an seiner Seite zurück zum Hotel und erklärte ihm freundlich, dass er alle Perlen behalten könne.

Eine dieser Perlen hatte er noch. Vor Prüfungen rollte er sie auf der Handfläche. Bei anderen Gelegenheiten, und das war oft, sagte er: »Gott, hilf mir nur dies eine Mal, und ich werde dich nie wieder um etwas bitten.« Dabei umklammerte er die Perle und sprach sie vielleicht sogar direkt an. Sie war ein wirksamer Talisman, übriggeblieben von diesem Tag, eine Erinnerung daran, dass jemand ihm einst den Tod gewünscht hatte, er aber immer noch lebte.

Ja, es bestand kein Zweifel, dass Florence seinen Tod gewünscht hatte. An diesem Tag hatten er und Flor sich nach dem Mittagessen über ein wackliges Holzgeländer gebeugt und zugeschaut, wie ein kleiner Lastkahn mit etwas beladen wurde, was seiner Erinnerung nach wie Telegrafenmasten ausgesehen hatte, obwohl er sich geirrt haben musste. Flor beugte sich vor und legte den Kopf auf ihre dünnen braunen Arme. Ihre Gesichter waren fast auf gleicher Höhe. Sie wandte den Kopf und sah ihn leise lächelnd mit halb geschlossenen Augen an, wie sich Leute beim Sonnenbaden auf dem heißen Sand anschauen, und er erwiderte zaghaft das Lächeln, als er in ihre Augen, grün wie Wasser, blickte, aus denen blanke Abneigung sprach, und sie sagte: »Es wäre leicht, hier jemanden reinzuschubsen. Ich könnte dich da reinschubsen.« Er erinnerte sich an das bleierne grüne Wasser, das den Himmel verschluckte und an die schweren Wolken. Am Horizont aufgetürmt, wanderten sie weiter und überdeckten die Lagune. Einmal war er bei seiner Großmutter in den Teich gefallen – bei der Fairlie-Großmutter, die er und Florence gemeinsam hatten. Er ließ ein Boot schwimmen und tat einen falschen Schritt. Das Wasser in diesem Teich wurde absichtlich nicht gereinigt, wegen einiger schmutzliebender, argentinischer Fische, für die seine Großmutter liebevoll sorgte – die ausgewachsenen Fische waren so groß wie kleine Elritzen. Diese pfeilschnellen Elritzen tummelten sich um ihn, während er reglos im Teich lag, und er spürte das weiche Stupsen ihrer Köpfe an seinem Gesicht. Das Schlimmste war die Erinnerung daran, wie er dort unbeweglich gelegen hatte, das grünschlierige Wasser über dem Mund. Er musste auf dem Rücken gelegen haben, er erinnerte sich an den Himmel. Der Gärtner hatte das Platschen gehört und ihn herausgefischt, und er war völlig in Ordnung; er hatte keineswegs auf dem Rücken gelegen, sondern mit dem Gesicht nach unten, spritzend und zappelnd.

Daran dachte er in Venedig nicht. Erst viel später schob er die beiden Erinnerungen übereinander, Schicht um Schicht. In Venedig erwiderte er darauf nichts – er hatte keine Zeit dazu. Er hatte nicht einmal Zeit, wütend oder erschrocken zu sein. Tante Bonnie erwartete sie nach ihrem Mittagsschläfchen. Sie sollten sich mit ihr auf der Piazza treffen und die Tauben füttern und der Kapelle zuhören. Er stapfte auf seinen dicken Beinen hinter Flor her, durch die Hitze wie durch Wasser, mit gesenktem Kopf. Sie blieben stehen, um sich auf einer öffentlichen Personenwaage zu wiegen, die ihnen nicht nur ihr Gewicht anzeigte, sondern auf farbigen Pappkärtchen auch noch das Schicksal voraussagte. Auf Georges Kärtchen stand: »Schlagen Sie keine Einladung für diesen Abend aus«, und auf Flors hieß es, sie müsse mehr Rücksicht auf ihre Leber nehmen und werde bald jemanden zur Bahn begleiten. »Mama wartet«, sagte Flor und warf ihre Karte weg. Sie packte seinen Arm und zerrte ihn mit sich.

Als sie bei Tante Bonnie ankamen, die mit Tee und einem Teller Gebäck wartete, waren sie rot vor Hitze, doch keiner von beiden beklagte sich. Sie handelten in völliger Übereinstimmung, ohne dass sie jemand dazu aufgefordert hätte. Sie taten alles, um Tante Bonnie zu gefallen. George spürte instinktiv, dass diese Tante ihn liebte, nicht, weil er Georgie Fairlie war und man ihn lieben sollte, sondern weil er ein Verwandter war, der Sohn von Tante Bonnies Bruder. Er verstand, dass Flor ihre Cousins näher kennenlernen musste, um keine Fremde für sie zu sein. Ihm war bewusst, dass Liebe eine Familienangelegenheit und nicht nur eine persönliche Sache war. Florence spielte ihre Rolle auch gut. Vorhin, beim

Mittagessen auf der Terrasse des Hotels zum Beispiel, wenn einer von ihnen etwas Lustiges sagte, dann lachte der andere viel lauter, als es der Scherz verdiente, und Tante Bonnie lachte traurig-vergnügt, mit leidvoller Miene, dass einem der Anblick weh tat. Ihr Mann, Onkel Stanley, hatte sie so schrecklich behandelt, sie so gedemütigt, dass sie nicht in Amerika leben konnte; sie konnte sich dort nicht mehr blicken lassen und war gezwungen, im Ausland zu leben und Flor auf irgendeine schädliche Art aufzuziehen: will heißen, schädlich für Flor. So erzählte es ihm Tante Bonnie, mit hoher, klagender Stimme, und Flor hörte über ihren Teller gebeugt zu, mal ihre Mutter, mal George von der Seite anblickend, um zu sehen, wie er reagierte. Sie hörte zu, als wäre ihr das neu, obwohl es doch zu ihrer Tagesordnung gehören musste. Flor war geduldig; sie hörte auch geduldig Georges Gestammel an. Er erzählte lange Rätsel und begann schrecklich zu stottern, wenn er glaubte, der Kellner könnte zuhören, und seine Cousine war gut im Raten, auch wenn er irgendeinen Hinweis vergessen oder die Lösung schon verraten hatte, weil er das Ganze rückwärts erzählte. Dieses Lachen, diese Geduld waren für Tante Bonnie bestimmt. George war noch nie von seinen Eltern getrennt gewesen und dachte flüchtig, dass sie vielleicht nie wiederkommen würden, doch er begriff, was Tante Bonnie passiert war, ohne dass man es ihm erklärt hatte. Es war das erste Mal in seinem Leben, dass man von ihm etwas Uneigennütziges erwartete. Um Tante Bonnie einen Gefallen zu tun, standen sie am Rand der Piazza, nicht zu weit weg, denn sie würde sie sicher dabei beobachten wollen, wie sie ihren Spaß hatten. Sie verstreuten Körner aus Zeitungspapiertüten um sich herum. Tante Bonnie sah ihnen von ihrem Cafétisch aus zu und nickte lächelnd.

Ohne George anzublicken, sagte Flor: »Du hast doch Stanley gesehen?«

»Er ist auf das Schiff gekommen«, sagte George.

»War sie bei ihm?«, fragte Flor. »Wie sieht sie aus?«

Er wich nicht aus, wie es ein Erwachsener vielleicht getan und gefragt hätte: »Wie sieht wer aus?« oder so ähnlich. Er stieß mit dem Fuß nach einer fetten, pickenden Taube und sagte: »Sie hat jedem was mitgebracht. Mir hat sie Bonbons geschenkt.«

»Aha«, sagte Flor. »Sie haben euch also verabschiedet. Wie anständig von deinen Eltern. Wie schön.« Er verstand den Sarkasmus nicht. Er streute weiter Körner. »Wie alt ist sie?«, fragte Flor nach einer Weile.

»Ungefähr dreiunddreißig«, sagte George ernst, für den »achtundfünfzig« oder »einunddreißig« ziemlich das Gleiche sein musste. Er hatte von seiner Mutter gehört, dass sie dreiunddreißig war.

»Sie könnte nicht einmal meine Mutter sein«, sagte Flor verächtlich. »Mama ist vierzig.«

»Das macht euch wohl Spaß!«, drang Tante Bonnies klagende Stimme zu ihnen herüber.

Sie kauften noch mehr Tüten mit Körnern und streuten sie schweigend aus, wie in einem archaischen Ritus. Die Tauben waren zu fett und zu faul zum Fliegen. Sie watschelten um Georges Füße herum, zänkisch einander pickend und wegstoßend.

»Sie hat es prima verkraftet«, fing Flor plötzlich wieder an,

»bis so ein blöder Affe kam und ihr erzählte, die andere sei jünger und sehe besser aus. Zuerst ging es ihr gut. Sie hat sogar zu mir gesagt: ›Dein Vater wird mit dieser anderen leben. Sicher ist sie ganz reizend.‹ Sie durfte sich nicht beklagen«, sagte Flor. »Sie hatte schon sehr lange ein Verhältnis mit diesem Mann, mit diesem Arzt. Also konnte sie sich nicht beschweren. Sie brachte mich immer zu diesem Arzt, wo ich Höhensonne für meine Wirbelsäule bekam. Sie muss gedacht haben, ich sei blind und taub und blöd. Die Schwester von diesem Arzt hat mir Rommé beigebracht. Stanley hat nie was gesagt, aber dann ist er plötzlich explodiert und hat sie rausgeschmissen. Hat uns *beide* rausgeschmissen«, sagte Flor. »Hat sie aus dem Haus geworfen, und sie hat mich mitgenommen.« Als sie das erzählte, sprach sie geziert, obwohl George das Wort damals sicher nicht verwendet hätte. Argwöhnisch registrierte er, wie sie den Kopf zurückwarf und wie sie ihn ansah, um zu kontrollieren, ob er beeindruckt war. Diese Geschichte verstärkte noch seine Ungerührtheit Er streute die Maiskörner nur bestimmten Tauben hin. »Niemand hat zu uns gehalten«, sagte Flor. »Ihr gemeinen Fairlies habt nicht zu uns gehalten. Ihr trefft euch immerzu mit ihm. Macht auch nichts. Sie ist jetzt anders und schaut keinen Mann mehr an.« Nach Georges Erinnerung rief Florence an dieser Stelle aus: »Sie wird nie wieder so was anfangen. Ich lass‘ sie nicht aus den Augen.« Das klang nicht affektiert. Sie warf nicht mehr das Haar zurück, sondern riss wieder so merkwürdig die Arme hoch, wie sie es beim Zerreißen der Kette getan hatte. Sie meinte, was sie sagte, es war nicht für George bestimmt. Es war ein feierliches Versprechen, ein Schrei der Verzweiflung, Liebe und

Groll so eng miteinander verwoben, dass nicht einmal Flor sie auseinanderhalten konnte.

Die Tütchen waren wieder leer. Sie warfen sie weg und kehrten an Tante Bonnies Tisch zurück, um der Musikkapelle zuzuhören. Flor lief zu ihrer Mutter, und vor aller Welt, vor all den Fremden und den Kellnern, schlang sie die braunen Arme um Tante Bonnies Hals und rief: »Oh, du siehst so müde aus, du siehst aus, als hättest du alles satt! Findest du es hier so schrecklich?«

»Schatz«, sagte Tante Bonnie, die geweint hatte, »es ist nur deinetwegen. Du hast mit Georgie eben so süß und hübsch ausgesehen. Ich bin sicher, du hasst mich. Eines Tages wirst du mich hassen. Ich weiß, dass ich dich ganz anders erziehen müsste. Darin bin ich nicht gut.«

»Ich werde dich niemals hassen, ich werde dich immer lieben«, sagte Florence ärgerlich. »Ich hasse Stanley, ich hasse George, ich hasse alle, aber dich liebe ich.«

Sie saßen eng aneinandergeschmiegt, Wange an Wange, und redeten beide gleichzeitig, dann lachten und weinten sie ungeniert, als würden sie das öfter tun. Sie kümmerten sich nicht um die Kellner, und sie hatten George vergessen, der abseits stand, inmitten des Taubengewimmels. Er konnte seine Cousine und Tante nicht ausstehen. Ihr Benehmen war ihm so peinlich, dass er am liebsten auf sie losgegangen wäre und sie geboxt hätte, damit sie aufhörten. Er stand allein und lächerlich inmitten der Tauben. Seine Eltern hatten sich ohne ihn davongemacht. Ohne sich zu verabschieden, waren sie fortgeschlichen. Plötzlich spürte er die Arglist des Verlassenwerdens, die Wut darüber, zum Narren gehalten worden zu sein.

Er ließ die Arme sinken, öffnete den Mund und brüllte, so laut er konnte. Seine Augen waren nur noch Schlitze, sein Mund eine große Höhle. Er war viel zu groß, um noch so zu heulen.

»Ich habe ihn erschreckt«, sagte Florence, die neben ihrer Mutter saß. »Ich habe etwas Dummes zu ihm gesagt, nur zum Spaß.«

Doch diese Genugtuung wollte er ihr nicht lassen, er schloss den Mund, öffnete ihn wieder und presste hervor: »Du kannst nichts dafür«; inmitten der Kellner und seiner aufgeregten Tante, die ihn rasch in die Arme schloss. Flor glaubte, er sei nobel, ein anständiger Junge, und sie blickte ihn voll wütender Verachtung an und kehrte ihm dann den Rücken zu. Bis sie beide erwachsen waren, sah sie ihn eigentlich nie wieder richtig an. Der Blick genügte, um sein Geheul verstummen zu lassen. Er wartete, bis seine Eltern an jenem Abend zurückkehrten, ängstlich, weil schuldbewusst, und spielte die ganze Szene noch einmal, diesmal seines Erfolgs sicher. Er heulte: »Ihr habt mich ganz allein gelassen«, worauf Tante Bonnie einstimmte: »Mein Ehrenwort, er war so brav.« Seine Mutter, die ihn in den Armen wiegte, versicherte beiden in singendem Tonfall: »Ich weiß, ich weiß.«

Flor hatte inzwischen ein ärmelloses dunkelblaues Kleid zum Abendessen angezogen und ihren kupferfarbenen Pferdeschwanz über eine Schulter gekämmt. Georges Mutter hörte für einen Moment auf, ihn zu umsorgen, und starrte sie bewundernd an – diese spezielle Szene spielte sich in der Hotelbar ab; George kam allmählich dahinter, wie man das Interesse der Leute weckt und dann ignoriert, obwohl er nicht so gut darin war wie Flor –, und Georges Mutter rief aus: »Flor, meine Süße, lass dir was Tolles einfallen. Du bist zu hübsch, um hier rumzusitzen.«

»Was auch geschieht«, sagte Florence beherrscht, »ich werde nie einen Fairlie heiraten. Ich habe genug von der Familie. Nichts würde mich dazu bringen, einen Fairlie zu heiraten, und nichts könnte mich dazu bringen, George zu heiraten.«

Warum darüber alle lachten, konnte George nicht verstehen; doch es wurde zu einem geflügelten Wort in der Familie, wann immer George und Florence sich trafen. Sie sahen sich alle zwei oder drei Jahre im Sommer, so dass sie sich jedes Mal wieder ganz fremd waren. Florence beachtete ihn nicht, und sie sprachen nie miteinander; doch seine Eltern bemerkten das anscheinend nicht.

»Flor ist reizend«, sagte seine Mutter einmal, »doch sie ist überhaupt nicht wie ein junges Mädchen. Sie ist zu erwachsen. Ich wünschte mir, Bonnie würde sie hier aufs College schicken.«

»Sie würde sich hier nicht mehr eingewöhnen«, sagte sein Vater. »Und warum sollte sie zurückkommen? Sie will ja keinen Fairlie heiraten.«

Das erinnerte Georges Mutter an Venedig, und sie lächelte. George war verliebt in die Tochter des Mannes, dem die Autowerkstatt in dem Ort gehörte, wo sie im Sommer immer hinfuhren. Noch machten seine Eltern sich keine Sorgen wegen Barbara Sim – noch nicht. Sie glaubten, es sei eine rührende kindliche Geschichte und lustig wie Georges Antwort auf Florence' Bemerkung in der venezianischen Hotelbar: »Ich würde lieber neunzehn Jahre lang nichts zu Weihnachten kriegen, als dich heiraten.«

Sie trafen sich immer im Sommer: ein unwirkliches Treffen im heißen New York, als Bonnie eines Jahres beschloss, sich durch nichts einschüchtern zu lassen, und dann bemerkte, dass es August war und niemand da. Einmal fand ein Treffen in England statt, in einem Hotel, und dann irgendwo anders, an einem windigen Sandstrand. Es war stets heiß, und Tante Bonnie hatte jetzt ein neues Leiden – Migräne. Und dann kam das letzte Treffen, als Flor einen Mann namens Bob Harris heiratete, den sie in Cannes kennengelernt hatte, und sie kehrten nach New York zurück, diesmal nicht klammheimlich, sondern mit großem Brimborium.

Sie trafen sich in einer Wohnung, die jemand dem Ehepaar Harris vermietet hatte. Überall dunkles Holz und Schiffsgemälde. »Das Zeug ist nicht bloß alt«, sagte Bob Harris. »Es ist antik.« George hörte das nicht; man erzählte es ihm später. Weil Tante Bonnie die Klimaanlage nicht vertrug, standen die Fenster offen, im Zimmer war es drückend heiß und laut. Die meisten Leute hier waren Fairlies. George zählte elf Personen, sich selbst eingeschlossen, die *in toto* die typischen Züge der Fairlies hatten: weißblondes Haar, weißblonde Wimpern, rosige Wangen und bei den weniger Glücklichen die großen Schneidezähne. Sie waren von überallher gekommen, um die Braut zu sehen. Wenn man einmal zur Familie gehörte, dann für immer: Tod, Scheidung, Skandale – das alles schloss einen nicht aus dem Familienkreis aus. Bob Harris gehörte jetzt auch dazu. Er würde sich einfügen, eingewöhnen, seinen Platz finden. Jetzt, wo er dazugehörte, gäbe es keine Kritik, nicht einen Funken, nicht einen Blick. Keiner würde daran erinnern, dass Bonnie aus Cannes geschrieben hatte: »Ich weiß ja nicht, was nun los ist, aber Florence hat doch tatsächlich diesen Juden geheiratet.« Als Georges Mutter diesen Satz laut vorgelesen hatte, war sie ein wenig in Bonnies weinerlichen Ton verfallen, jene salbungsvolle, schleppende Redeweise der Fairlies, und es klang so: »Flounce haddoch ...« Keine weiteren Andeutungen; nichts blieb im Gedächtnis außer ihrer Angewohnheit, immerzu »Bob Harris« zu sagen, als wäre das *ein* Wort.

Mitglieder der Familie Harris waren nicht anwesend, obwohl man von ihrer Existenz wusste. Harris *senior* hatte Florence ein hübsches Hochzeitsgeschenk gemacht, und irgendjemand hatte seinen Namen, durchaus repräsentativ, in einer Annonce seiner Weinimport-Firma gelesen. Bob Harris leitete die französische Filiale des Geschäfts – er lebte in Paris. Er war genauso alt wie Florence, vierundzwanzig. Ein bequemes Leben. George hörte das alles und verstand es. Er war Teil dieser Familie, und insofern verstand er ihre Anspielungen und Andeutungen, die Betonung einzelner Worte, auch wenn nichts Wichtiges gesagt wurde. Für ihn war sein ganzes Leben im Voraus geregelt worden – seine Einstellungen und Empfindungen hatte man für ihn festgelegt, ehe er geboren war. Vielleicht, weil das Zimmer so voller Menschen und es so heiß war, begann George zu schwitzen. Er fühlte, wie ihm der Schweiß auf dem Rücken und unter den Armen ausbrach, und war sicher, man könnte es durch seine Kleidung sehen. Aber es sah ihn ja keiner an. Alle hatten nur Augen für Florence, die wirklich eine Schönheit war, aufrecht und still, das hübsche kupferrote Haar am Hinterkopf zu einem Knoten geschlungen. Bonnie hatte jeden beiseite genommen und im

Vertrauen erzählt, dass mit Florence etwas nicht stimme; sie würde nie Kinder haben können; sie war nicht gesund. Der Lärm war jetzt wie eine Flutwelle, und Tante Bonnies Stimme schwamm obenauf. George und seine Eltern waren mit dem Auto vom Land gekommen und spät eingetroffen; alle außer Florence waren betrunken und laut. Nach einer Weile kümmerte sich George nicht mehr darum, was die Leute von ihm dachten, und unter den weißblonden Wimpern hervor fing er an, seine Cousine verstohlen zu beobachten und nach Anzeichen einer Krankheit oder Anzeichen von Liebe zu suchen. Er war in diesem Sommer siebzehn und interessierte sich für solche Dinge. Er saß auf einem Stuhl im rechten Winkel zum Sofa, auf dem Florence mit seiner Tante saß. Sie hielten sich an den Händen. Er sah, dass Flors Mann jedes Mal, wenn er in ihre Nähe kam, mit dem Handrücken an irgendeiner Stelle über ihre Haut streichelte und dass Flor, obwohl sie ihn nie ansah, diese leise Berührung der fremden Männerhand doch spürte. Es war, als ob eine Projektion der beiden als Paar sich abgespalten hätte und sich in einem anderen Zimmer befände oder einfach unsichtbar wäre.

»Sie wird nie wieder so was anfangen. Ich lass‘ sie nicht aus den Augen.« Die Stimme drang plötzlich aus der Vergangenheit zu ihm, und er spürte wieder die warmen Haare seiner Cousine, die der ungestüme Wind hochhob und ihm übers Gesicht wehte.

»Georgie«, sagte Florence und beugte sich zu ihm, das erste Mal seit Jahren, dass sie etwas zu ihm sagte, »weißt du noch, wie heiß es damals in Venedig war, als wir Kinder waren? Ich habe Mama gerade daran erinnert. Weißt du noch?«

»New York ist wirklich zu heiß«, sagte Tante Bonnie, als trüge jemand dafür die Verantwortung.

»Weißt du noch, wie grün es dort immer war?«, sagte Flor zu ihm. »Alles war so klar und so grün, grünes Wasser, sogar der Himmel erschien mir grün.«

Er hatte starr vor sich hin geblickt, doch nun sah er ihr versehentlich in die Augen, von dunklen Wimpern beschattet, grün, wie die Lagune damals – er glaubte, sich daran zu erinnern. Er konnte nichts erwidern. Bob Harris lief unentwegt herum, zu gastfreundlich, zu eifrig – zumindest erschien es George so, der ein Gespür dafür hatte, wie Menschen etwas taten. Er wollte, dass Bob Harris über jeden Tadel erhaben war.

»Du warst ein schrecklicher kleiner Junge«, sagte Flor zu ihm und lächelte. Sie beugte sich zu ihm, hielt aber noch immer die Hand ihrer Mutter. Er hatte so oft hören müssen, was für ein Quälgeist er als Kind gewesen war, dass er sich nichts mehr daraus machte. »Man musste dauernd auf dich aufpassen«, sagte Flor. »Ich glaube, ich war kein gutes Kindermädchen.«

Er sagte ziemlich steif: »Es war nur ein Tag.«

»Aber was für ein Tag«, sagte sie, immer noch lächelnd, immer noch freundlich. »Du bist überall hingerannt, wie eine kleine Maus. Wir sind kaum hinterhergekommen.«

Er sagte: »Daran erinnere ich mich nicht.« Sein früheres Stottern kehrte wieder: »Ich weiß noch, dass ich auf dem Platz geheult habe.«

»Ich glaube, du hast viel geheult«, sagte Flor.

»Nur einmal.«

Die Unterhaltung stockte. Sie verharrten in Gesprächspose, wie gestellt. »George sollte uns nächstes Jahr in Paris besuchen«, hörten sie Tante Bonnie sagen. »Ja, unbedingt«, fiel Bob Harris ein. »Unbedingt.«

»Du weißt, dass ich keine Kinder kriegen kann?«, fragte Florence und blickte George direkt an. Er murmelte eine Antwort. Sie sagte: »Es war nett von ihm, mich trotzdem zu heiraten.«

»Flor«, sagte er, »ich habe noch diese Glasperle. Sie ist ein Glücksbringer ... nein, nimm sie nur ... ich schwöre, sie bringt Glück ...« Eben noch in seiner Tasche, lag sie jetzt auf seiner feuchten Handfläche: durchsichtig, lädiert, der Schatz von Venedig.

Flor sah ihn halb lächelnd mit gerunzelter Stirn an. »Was ist das, George?«, sagte sie freiheraus, als wolle sie sein Stottern unterbinden.

Er hätte alles darum gegeben, nicht davon angefangen zu haben. »Erinnerst du dich, wie du diese Glasperlenkette gekauft hast? Und dass sie zerrissen ist? Als wir vom Strand zurückkamen? Du hast diese Kette gekauft und sie zerrissen ...«

»Ich bin kein Mensch, der Dinge kaputtmacht«, sagte Flor. »Daran kann ich mich nicht erinnern.«

George sagte: »Wir sind aus dem Boot gestiegen, weißt du noch? Du bist schnurstracks zu dieser Bude gelaufen.«

»Es ist nur, dass ich eigentlich nichts kaputtmache«, sagte Flor. »Aber wenn du es sagst, wird es schon stimmen. Ich habe kein gutes Gedächtnis.«

»Ich habe geglaubt, du hast sie irgendwie absichtlich zerrissen«, sagte er.

»O George«, sagte Flor kopfschüttelnd, »jetzt weiß ich,

dass es nicht stimmen kann. Das passt einfach nicht zu mir. Es war nicht so.«

Er hatte diese Glasperle zehn Jahre lang aufgehoben. Er brauchte sie nur in der Hand zu rollen oder das durchsichtige, lädierte Glas ans Auge zu halten, und schon war die Luft erfüllt von Taubengeflatter und Glockenklängen und den Bewegungen Flors, die etwas zerriss, weil sie es zerreißen wollte; vielleicht, weil sie ihr Leben lang mit Tante Bonnie zusammenbleiben würde. Manchmal schien es, als wäre Flor ihm nie aus dem Sinn gegangen, auch wenn er gar nicht an sie dachte. Ihretwegen war das Doppelbild immer gegenwärtig, Liebe und Groll, einander reflektierend, wie das Wasser den Himmel. Alles hatte sich so abgespielt wie in seiner Erinnerung: Diesen Tag hatte es gegeben; er war fest in seinem Gedächtnis verankert. Er schloss die Hand, weil er dachte, dass es ziemlich dumm aussah, wie er mit einer rhombenförmigen Glasperle in der geöffneten Hand dasaß. Natürlich war es so gewesen: Man brauchte sich nur diese miteinander verstrickten Leute anzuschauen, all die Fairlies und Flor und Bonnie, und nun gehörte Bob Harris auch dazu. Und seine Eltern? Nach diesem Tag in Venedig hatten sie geschworen, ihn nie wieder zu verlassen, niemals, und sie hatten ihr Wort gehalten, so dass ihre Liebe ihn wie ein fester Bau umgab. Vielleicht hatte es sie manchmal gestört. Bei ihm war das so: Manchmal hatte es ihn gestört. Und nun ging er aufs College und verließ sie, und vielleicht würde er nächstes Jahr diese Einladung annehmen und nach Paris fahren, und die unvermeidliche Treulosigkeit, der Verrat, die Abnabelung gaben ihm das Gefühl, als hätte er sich schon entfernt und müsste sich reuevoll auf den Rückweg machen.

Flor schaute auf seine geschlossene Faust. »Warum heben Menschen Dinge auf?«, fragte sie.

»Ich weiß nicht«, sagte George. »Wahrscheinlich zum Beweis, dass sie irgendwo waren.«

Sie sagte: »Mir ist, als wären wir nie am selben Ort gewesen.«

»George!« rief seine Mutter durch das Zimmer. »Erinnerst du dich noch an die Zeit in Venedig mit Bonnie und Flor?«

»Möchtest du sie haben?«, fragte er schnell. »Sie gehört ja eigentlich dir.«

»Sie würde mir nicht helfen«, sagte Florence. »Wir sind nie am selben Ort gewesen. Wir brauchen nicht dieselbe Art von Glück. Wir haben nicht dieselben Erinnerungen.«

II

BONNIE MCCARTHY ZOG DIE SCHUBLADE ihres Frisiertisches auf und holte einen Hut hervor, ein Geschenk ihrer Schwägerin aus New York. Es war ein Sommerhut aus weichem, seidigem Material in einem hübschen Blauton. Ihre Schwägerin hatte diese Hutform, die wie eine halbe Melone aussah, erstmals mit fünfzehn Jahren getragen und später immer wieder in verschiedenen Farben und Materialien, bis ihr Haar grau war. Dieser spezielle Hut war zum Reisen gemacht – er konnte gefaltet werden, bis er nicht mehr Platz im Koffer einnahm als ein geschlossener Fächer. Bonnie spitzte die Lippen, hielt den Hut zwischen Daumen und Zeigefinger und betrachtete ihn. Sie setzte ihn auf und zog mit beiden Händen daran. Der finstere Blick, der Schmollmund, die Trotzgebärden waren die eines Kindes. Es war eine wohlüberlegte Darbietung, und das war neu – nach jahrelangem Bemühen, sich wie eine Erwachsene in der Erwachsenenwelt zu benehmen, hatte sie festgestellt, dass es sich nicht lohnte, und so gestattete sie sich in ungestörten Augenblicken den herrlichen Luxus, eine andere zu sein.

Der Hut war unmöglich. Umrahmt von der keuschen blauen Krempe, sah sie damit leicht debil aus, wie ein über Nacht gealtertes Schulmädchen. Nach einem langen Blick in den dreiteiligen Spiegel sagte Bonnie laut: »Das ist einfach kein normaler Hut.« Sie warf ihn auf den Tisch, zwischen gerahmte Bilder und Cremetöpfe. Keins der Kleidungsstücke aus Amerika schien ihr nunmehr normal, weil sie nicht mehr von einem vertrauten Ort kamen. Sie hatte ihr Land nach Kriegsende verlassen, bevor der New Look in Mode kam (so war Geschichte in ihrem Gedächtnis verankert), und obwohl sie hin und wieder zu Besuch gewesen war, bevölkerten Mädchen in kurzen Röcken und breitschultrigen Mänteln vor ihrem inneren Auge die amerikanische Szenerie – das war die Silhouette im Krieg, 1-85, oder wie sie hieß. Ihre Erinnerung an solche Details war untrüglich, doch sie hätte nicht sagen können, unter welchem Präsidenten der Friedensvertrag unterzeichnet worden war. Die Nation im Krieg war nichts Dauerhaftes: Bonnies New York, das wirkliche New York, war eine ferne, schillernde Stadt in einem untergegangenen Jahrzehnt. Dort hatte die frühere Bonnie existiert, hübsch und aufgeweckt, von allen bewundert. Jene Bonnie, die sie immer, wenn sie in den Spiegel schaute, zu kopieren suchte – die sanftäugige Bonnie, verschwommen in der Sonne eines verblichenen Nachmittags; Bonnie im Hochzeitskleid, verbürgt unschuldig, mit einem Kranz winziger Röschen um die Stirn. Im Laufe der Zeit – sie war jetzt zweiundfünfzig – kam eine zweite, eine Super-Bonnie zum Vorschein. Diese Super-Bonnie war die klassische, charmante Frau in mittleren Jahren. Sie hätte ein Geschöpf von Kipling sein können – eine Art amerikanische Mrs Hauksbee, witzig und dünn, mit diesen großen, veilchenblauen Kulleraugen. Wenn sie schlecht gelaunt war oder schlecht geschlafen hatte, wusste sie, dass das nicht der Wirklichkeit entsprach und dass sie sich von der zarten Bonnie verabschiedet hatte, ohne die Sicherheit von Mrs Hauksbee erlangt zu haben. Dann dachte sie daran, was für eine Frau sie hätte sein können, wenn man ihr Leben nicht zerstört hätte: Und wenn sie zu viel darüber nachdachte, gab sie es auf und tröstete sich damit, ein kleines Mädchen zu spielen.

Als Bonnie noch keine vierzig war, hatte ihr Mann sie bei einer überaus dummen Affäre ertappt – sie hatte für den Liebhaber nicht das Geringste empfunden – und sich deshalb von ihr scheiden lassen, so dass ihr Bild von sich gebrochen war, unversöhnt. Da war die Bonnie mit dem hübschen Gesicht und dem Kranz aus kleinen Röschen; die verruchte Mrs Hauksbee, die einem Regimentsaußenposten viel Unglück brachte; und – einigermaßen nah an der Wahrheit – eine verlorene, blässliche, ängstliche Bonnie, die mit ihrer Tochter an der Hand in Europa von Stadt zu Stadt zog. Der Frisiertisch war übersät mit diesen Bonnies und mit Bildern von Florence, ihrer Tochter. Flor als kleines Kind, einen Ball in Seestern-Händen, Flor auf ihrem Pony, Flor in Venedig, die Augen zusammengekniffen und gelangweilt. Auf einer Seite standen ganz für sich, in merkwürdigem Nebeneinander, zwei kleine Porträts. Das eine war ein koloriertes Bild der heiligen Theresia vom Kinde Jesu. (Bonnie hatte nichts im Sinn mit obskuren Märtyrerinnen. Die „Kleine Blume", gut genug für die meisten Katholiken, war auch für sie ausreichend.) Die Heilige spielte in Bonnies Leben kaum eine Rolle, sie war nur eine Art unsicherer Anker für Bonnies wabernde Vorstellung vom Unendlichen. Das zweite Bild, vor zwei Sommern am Strand von Cannes aufgenommen, zeigte Bob Harris, Bonnies Schwiegersohn. Er trug eine Badehose im Schottenkaro und war behängt mit Ausrüstungsgegenständen für den Unterwasserfischfang – Flossen, Speer, Taucherbrille, Schnorchel –, er sah wie ein Monster aus.

Als Bonnie mit dem Hut fertig war, leckte sie ihren Zeigefinger an und strich sich über die Augenbrauen. Sie zog die Brauen auseinander und zählte bis zwanzig, doch als sie losließ, war die Falte zwischen den Augen wieder da. »La première ride«, sagte sie sentimental. Sie verzog spöttisch ihr Gesicht; Mrs Hauksbee, die zugibt, dass die Zeit vergeht. Als sie den Frisiertisch verließ und durch das Zimmer ging, behielt sie diesen Gesichtsausdruck bei, obwohl sie in Gedanken schon woanders war. Sie setzte sich an einen Schreibtisch, der dem Frisiertisch sehr ähnlich war. Beide Möbel waren »bedeutende Stücke«, wie ihr Schwiegersohn sie nannte. Sie hatten grüne Marmorplatten geschwungene Beine, Schubkästen wie Busen, Messingbeschläge, und erinnerten an die zusammengetragenen Objekte, die garniert mit Vasen voll sterbender Blumen, die Schaufenster der Antiquitätengeschäfte auf dem linken Seineufer füllten.

Bonnie war schnell beleidigt, doch mit anderen Leuten ging sie nicht zimperlich um. Sie griff selten offen an, da sie den direkten Gegenschlag fürchtete. Die triviale Unordnung auf ihrem Frisiertisch, das geschmacklose Durcheinander von Flakons und Bildern, war ein versteckter Affront gegen Bob Harris, dem die Wohnung gehörte und der, wie er Bonnie einmal gestanden hatte, Ordnung liebte.

Sie nahm ein Blatt weißes Papier mit Pariser Adresse im Briefkopf, schrieb das Datum, den fünfzehnten Juli, und begann: »Meine liebste Polly und lieber Stu – zunächst zum Hut. Ihr Süßen! Ich habe ihn heute zum ersten Mal getragen, da es hier bis jetzt noch keinen richtigen Sommer gegeben hat. Ich war so stolz, sagen zu können, dass er von meinem Bruder und seiner Frau aus New York ist. Also, Ihr Lieben, es tut mir leid wegen George. Ehrlich gesagt habe ich noch nie gehört, dass jemand in seinem Alter an Keuchhusten erkrankt, doch ich verstehe gut, dass ihr ihn in diesem Zustand im Juni nicht nach Paris fahren lassen könnt. Es ist zwei Jahre her, dass wir den Jungen gesehen haben. Flor fragt jeden Tag nach ihm. Ihr wisst ja, die beiden hingen so aneinander, als sie Kinder waren, und es ist schade, dass Flor sieben Jahre älter ist statt umgekehrt. Wenigstens wären wir dann alle noch eine Familie und wüssten, wer wen heiratet. Naja, mehr sag ich nicht.« Bis hierher war der Brief fast unleserlich. Der letzte Buchstabe jedes Wortes verschmolz mit dem ersten des folgenden Wortes. Alle Vokale sowie die Buchstaben n, m und w sahen wie u aus. Da standen Buchstabenketten, die ebenso ›nununu‹ hätten heißen können. Dann wurde ihre Schrift elegant und deutlich, wie die Stimme eines Menschen, der einen neuen Tonfall ausprobiert. »Das Problem, wenn er im August kommt, ist nur, dass er mit Florence allein sein müsste. Bob Harris' Vater kommt dieses Jahr herüber, und Bob Harris will mit ihm in geschäftlichen Angelegenheiten das Beaujolais-Land und die Champagne und ich weiß nicht was noch für Gegenden besuchen, und sie werden den ganzen August unterwegs sein. Und ich bin von einer lieben Freundin eingeladen worden, ihr den ganzen Monat über in Deauville Gesellschaft zu leisten. Wie ihr wisst, ist Flor bei einer Psychiaterin in Behandlung, und sie WEIGERT sich, Paris zu verlassen. Es wäre überhaupt kein Vergnügen für Georgie, weil Flor nie ausgeht und selbst wenn sie es täte, nicht wüsste, wohin man geht. Meiner Ansicht nach sollte Georgie erst nach England fahren, wohin er ja sowieso will, und lieber Ende August hierher kommen, wenn ich wieder zurück bin und auch Bob hier ist, so dass wir Georgie alles zeigen können. Ganz wie Ihr wollt, meine Lieben, doch das scheint mir das Beste zu sein.«

Bonnie hatte die Angewohnheit, in die Briefe an ihre Schwägerin kleine Zettel hineinzustecken. Diese Schnipsel, etwa von der Größe einer Visitenkarte, enthielten eine in winzigen Buchstaben hingekritzelte Botschaft, die ausdrückte, was sie eigentlich sagen wollte und warum sie sich überhaupt die Mühe machte, einen Brief zu schreiben. Sie schnitt ein kleines Rechteck aus einem Blatt Papier und schrieb in winzigen Buchstaben: »Polly, Flor wird so seltsam, ich kenne sie gar nicht wieder. Ich habe Angst, sie im August allein zu lassen, aber sie kriegt solche Anfälle, wenn ich sage, ich will hierbleiben, dass ich nachgebe. Lass Georgie nicht kommen, es würde ihn nur aufregen. Sie ist jetzt bei dieser Ärztin, aber *mir gefällt diese Ärztin nicht.*«

*

ES WAR DREI UHR NACHMITTAGS. Florence ging mit vorsichtigen Schritten den Boulevard des Capucines entlang, als sich plötzlich der Bürgersteig vor ihr aufbäumte. Es war wie ein Erdbeben, nur wusste sie, dass es hier keine Erdbeben gab. Als wäre sie betrunken, nur trank sie keinen Alkohol mehr. Es war ein lautloses Aufbäumen, wie sie es früher schon erlebt hatte. Niemand bemerkte den Tumult oder die Tatsache, dass sie abrupt stehengeblieben war. Vielleicht war sie unsichtbar geworden. Es hätte sie überhaupt nicht gewundert. In der Tat hatte die Furcht, dass etwas Derartiges geschehen könnte, sie diesen Sommer dazu veranlasst, Kleider mit weiten Röcken in leuchtenden Farben zu kaufen, in denen sie (so sagte Bonnie) wie eine Wahrsagerin im Restaurant aussah. Das war alles gut und schön für Bonnie, die sich ihrer schwarz gekleideten Existenz sicher sein konnte. Sie musste nicht verstohlen in Schaufensterscheiben blicken, um sich ihr Vorhandensein in Koralle und Rot bestätigen zu lassen.

Zu dieser Stunde, zu dieser Jahreszeit, bestand die Menschenmenge um das Café de la Paix vor allem aus Amerikanern. Menschen, die sich von Flor so sehr unterschieden, als hätte eine Invasion von Siamesisch sprechenden Fremden die Stadt in Besitz genommen. Doch es waren keine Siamesen; es waren ihre Landsleute, und sie sprachen die Sprache, die sie am besten beherrschte, mit Worten, die man ihr beigebracht hatte, als sie vor langer Zeit Formen gesehen und Wünsche verspürt hatte, die benannt werden mussten.

»... auf dem bespülten Strand der salz'gen Flut ...«

Das sagte sie nicht. Ihre Lippen bewegten sich nicht; doch in ihren Ohren hallte ein klares Echo, als wären die Worte, gesprochen von ihrer eigenen Stimme, zu ihr gedrungen. Es waren Worte aus einer vergangenen Zeit, als sie noch lesen und jeden Satz mit dem vorangegangenen in Verbindung bringen konnte. Eine Vision, glasklar, von einer immer schmaler werdenden Küste, einer räuberischen See war alles, was übrig war. Das war alles, was von ihrer Lektüre in Erinnerung geblieben war, der große Speicher gehorteter Redewendungen, die zugestöpselten Flaschen, gefüllt mit flüssigen Worten – eine schmaler werdende Küste, ein rollendes Meer – das war alles. Und wie sie gelesen hatte! Sie hatte in Hotelzimmern gelesen, auf dem Bett ausgestreckt – wie betäubt, wie trunken –, während hinter dem dunklen Fenster Regen auf fremde Straßen fiel. Sie hatte in Bussen und Bahnen gelesen und in den Wartezimmern von Ärzten und Schneidern, wo sie auf Bonnie wartete. Sie hatte gelesen, wenn sie ihrem Mann gegenüber am Tisch saß und neben ihm im Bett lag. (Sie hatte allein in einem Café ein Buch gelesen, als er sie zum ersten Mal angesprochen hatte. Er hatte das nie vergessen.) Sie hatte ihre Mädchenjahre hindurch gelesen, und sogar die Liebe hatte sie nicht davon abhalten können – höchstens zeitweise.

Wäre Bonnie imstande gewesen, ihr eigenes chaotisches Leben in geordnete Bahnen zu lenken, hätte sie Flor nicht entwurzelt und hierhergebracht – eine grundfalsche Entscheidung unter hundert versäumten –, dann hätte Flor in diesem Augenblick nicht befürchtet, dass sich der Bürgersteig unter ihren Füßen bewegt, und hätte sich nicht mit einem Blick ins Schaufenster vergewissern müssen, dass sie noch da war. Sie hätte sich das Leben nicht als hell erleuchtete Bühne vorgestellt und sich selbst als Zuschauerin gesehen. Sie wäre weniger von Worten abhängig gewesen, hätte mehr zum Leben gehört. Zu einer fiktiven Bonnie sagte sie: »Du bist an allem schuld. Ich hätte jemand werden können, doch du hast mich zu einer Fremden gemacht. Es war immer so, schon zu Hause. Ich war das einzige katholische Mädchen bei Miss Downland. Das heißt, eine Fremde.«

»Was ist mit den katholischen Mädchen aus Mexiko?«,

fragte Bonnie von irgendwo aus der Menge vor dem Kiosk, an dem Flor stehen geblieben war und ausdruckslos die Titelseite der *Times* anstarrte.

Typisch, dass Bonnie etwas so Abwegiges wie die mexikanischen Mädchen in der Schule ins Spiel brachte; eine Erwiderung erübrigte sich. Doch die Entdeckung, dass es immer so gewesen war, verdiente Beachtung. Das war wieder eine Lichtung im Dickicht – Dr. Linnettis bevorzugte Metapher -, wieder ein freigelegter Pfad, ein niedergerissener Zaun, Licht im Dunkel. Sie suchte in ihrer Handtasche nach dem grünen Notizbuch, in dem sie diese Dinge festhielt, und setzte sich auf einen freien Stuhl vor das Café.

Der Tisch, an dem sie sich niedergelassen hatte, war an den Nebentisch herangerückt worden, damit eine Gesellschaft von vier Touristen mehr Platz für Getränke, Päckchen und Teekannen hatte. Eine Touristin hatte sogar noch einen Stuhl für ihre müden Füße herangezogen. Florence legte das Notizbuch auf die Tischkante und schob einen Aschenbecher beiseite. Das Schwindelgefühl, das sie auf der Straße überkommen hatte, klang ab. In ihrer ganz persönlichen Sprache nannte sie diesen Zustand: »Das kleine Tier geht schlafen«. Wie sollte man die Äußerung Dr. Linnettis deuten: »Ein Schwindelgefühl, das in der Gegenwart von exakten Linien und verwandten Objekten auftritt«? Als sie mit zwölf Jahren im Ausland leben musste, hatte es angefangen: die Kraft der Linien, ihre Gestalt zu wandeln (der sich aufbäumende Bürgersteig), die Übelkeit, hervorgerufen durch den Anblick einer doppelten Häuserreihe, die sich am Horizont traf, der Siegeszug des kleinen Fuchses, der für sie zur Qual wurde.

Damals hatte es Bonnie mit schlechten Augen erklärt, zurückzuführen auf ein Leberleiden, und ihr Schlagsahne verordnet. Jetzt, da es zu spät war, erinnerte sich Florence an die erste Belagerung und erkannte sie als solche, an die Schwächung ihrer Abwehrkräfte, so dass der Eindringling Besitz von ihr ergreifen konnte.

Sie hatte sich damit abgefunden und aufgehört, an Dr. Linnettis Bäume und Lichtungen und sonnige Stellen zu glauben. Sie war befallen, besessen. Nichts konnte ihr helfen außer Schlaf und Träume, die sie in der Grauzone zwischen Vergessen und Leben erfuhr – in dem Land der grauen Berge und Häuser, aus dem sie plötzlich hochgehoben und fortgeführt wurde. In diese Gefilde zu flüchten war das Allerschwierigste, denn sie wollten es verhindern – die Ärztin, ihre Mutter, ihr Mann. Es bedurfte einer günstigen Gelegenheit, und die sollte sich bald bieten. In zwei Wochen begann der August, und man würde sie allein lassen. Zwischen jetzt und August gab es eine Verzögerung, die Gefahren in sich barg; ihre Mutter war unschlüssig und machte Ausflüchte, ihr Mann versuchte, mit ihr zu reden. (Den Versuch, mit ihr zu schlafen, hatte er aufgegeben. Er schien hartnäckig daran zu glauben, dass Dr. Linnetti ihm eines Tages eine neue Flor schenken würde, seltsam gereift und aufregender denn je.) War diese Phase überstanden, sah sie sich in der schweren Stille des Augusts, in ihrem Bett an einem ruhigen Nachmittag. Am Erlöschen des Lichts in den Ritzen der Fensterläden würde sie die Nacht erkennen und dankbar für diese Wohltat würde sie denken: Jetzt kann ich beruhigt schlafen.

»Manche machen sich einfach nichts daraus.«

»Frag sie, was sie trinken möchte.«

»Vielleicht ist sie scharf auf dich, Ed Broadfoot, ha ha.«

Drei der vier Gäste, in deren Tischrunde sich Flor gedrängt hatte. Sie hielten sie für eine Französin, eine Ausländerin, jedenfalls nicht für eine Amerikanerin. Sie blickte von ihrem Notizbuch hoch, in das sie noch nichts geschrieben hatte, und sagte: »Ich verstehe jedes Wort.« Dicht vor ihr stand ein Kellner. *»Madame désire?«,* sagte er in beleidigendem Ton. Entsetzt kritzelte sie in ihr Notizbuch: »Mex. Mädchen wollten kein Bad nehmen«, ehe sie aufstand und – vor aller Augen – ins dunkle Café floh. Drinnen suchte sie mit Bedacht einen Platz für sich allein. Nun war sie die Besonnenheit in Person, wie sie die Bewegungen ihrer Hände beobachtete, die Stellung ihrer Füße. Sie saß mit solch übertriebener Aufmerksamkeit auf der Plüschbank, bis ihr plötzlich klar wurde, wie einfältig sie wirken musste, und sie hätte am liebsten laut gelacht. Sie schlug das Notizbuch auf und fing an, einen Brief an Dr. Linnetti zu schreiben. Dabei benutzte sie den ausdrücklich zu diesem Zweck gekauften billigen Kugelschreiber. Der Brief wurde lang und wechselte häufig im Ton, klang mal kurz angebunden und geschäftsmäßig, wenn sie finanzielle Gründe für den Abbruch ihrer Sitzungen angab, dann wieder ängstlich und schmeichelnd, um Dr. Linnetti nicht zu erzürnen. Manchmal war der Brief fast liebevoll, denn es gab Augenblicke, in denen sie vergaß, dass Dr. Linnetti eine Frau war, und sie war fast bereit, ihr zu vergeben; doch dann fiel ihr wieder ein, dass diese Betrügerin vom selben Stamm war, derselben unwürdigen Behandlung unterworfen war, denselben Leiden und Schmerzen, und dieselben grundlegenden Täuschungsmanöver praktizierte. Und diese Hochstaplerin gab vor, helfen zu wollen! – Dr. Linnetti, charmant wie ein Nilpferd, elegant wie die Frau eines sowjetischen Verwaltungsangestellten, so gefühlvoll wie eine Schnecke, so intelligent wie – ah, das ist der Schwachpunkt, dachte Flor. Wir werden es nie erfahren. Es gibt keine Anhaltspunkte.

»Welche Hilfe können Sie mir geben?«, schrieb sie. »Ich habe mich oft geekelt vor dem Geruch Ihrer Kleider und Ihrer verfaulten Zähne. Wenn Sie es in sechs Monaten nicht geschafft haben, Ihre Kleider zur Reinigung zu bringen oder zum Zahnarzt zu gehen, wie können Sie mir dann helfen? Können Sie mich davon überzeugen, dass ich nicht überfahren werde, wenn ich den Bordstein verlasse? Können Sie mich davon überzeugen, dass der Bürgersteig ein sicherer Ort ist? Ich will es andersherum ausdrücken«, schrieb Flor hochmütig. Ihr Gesicht hatte jetzt einen überheblichen Zug. »Ist Ihr Leben so tadellos? Ist Ihr Mann glücklich? Lieben Ihre Kinder Sie, und sind sie wohlerzogen? Sind Sie so glücklich …« Sie wusste nicht, wie sie enden sollte, und setzte neu an: »Bedeuten Sie mir irgendetwas? Wenn Sie nach Hause zu Ihrem Mann und Ihren Kindern gehen, machen Sie sich dann Gedanken über mich? Sind wir Freunde? Warum sich überhaupt solche Mühe mit mir machen?« Sie war auf der letzten Seite des Notizbuchs angelangt, riss die Blätter heraus und schickte den Brief vom Postschalter im Café ab. Sie ließ das Instrument der Trennung – den tödlichen Stift – auf den Boden fallen und stieß ihn mit dem Fuß fort. Es war noch zu früh, um nach Hause zu gehen. Sie würden erraten, dass sie ihre Sitzung ausgelassen hatte. Ihr blieb nichts weiter übrig, als um das vertraute Dreieck zu gehen – Boulevard des Capucines, rue Scribe, rue Auber, die Zuflucht der Obdachlosen –, bis es an der Zeit war, ein Taxi zu rufen und nach Hause zu fahren.

Florence' Mann verließ sein Büro zeitiger als sonst. Das geschäftige Treiben von Paris flaute ab. Die Alleen waren weiß und staubig, überall wehende Fähnchen, Papierfetzen und zerrissene Plakate, und an den Ampeln sammelten sich ziel- und ruhelose Leute, mit wundgelaufenen Füßen, leicht bekleidet, unschlüssig, ob sie diese spezielle Straße überqueren sollten oder nicht, und neugierig, ob Paris, wenn sie die Straße überquert hatten, Besseres zu bieten hatte. Die Uhr der Stadt ging nach – im August würde sie stehenbleiben. Bob Harris liebte Paris, doch ihm gefiel es überall. Heimweh kannte er nicht. Er trug sein Geburtsrecht mit sich. Er stieß die Tür zum kühlen Hof des alten Wohnhauses auf, in dem er lebte (das letzte Haus auf der Welt, wo ein Kind an einem Sommernachmittag Czerny-Etüden spielte), winkte der Concierge in ihrem Aquarium zu, fuhr mit dem gefährlichen Aufzug, der Schwingtüren wie ein Saloon hatte, nach oben und betrat die Wohnung. »Betrat die Wohnung« ist zu milde ausgedrückt. Er drang ein, wie er einst in Flors und Bonnies Leben eingebrochen war. Er war – und das erfüllte ihn mit Stolz – ein Junge aus New York, heute ganz in sommerlichem Gelbbraun – wie ein Café Liégeois, hatte Bonnie beim Frühstück gesagt, – doch natürlich erst, als er außer Hörweite war. Sie war nicht dumm. Die geräumige, altmodische Pariser Wohnung, der polierte Klingelzug (ein Ring in einem Löwenmaul), die schweren Türen und die cremefarbenen hohen Decken entsprachen seiner Vorstellung von Europa. Das holpernde Klavierspiel des Kindes, das ihn verfolgte, bis er es mit dem Schließen der Tür aussperrte, gehörte zum Dekor. Er hatte das flüchtige Gefühl, Vergangenheit und Gegenwart würden verschmelzen – die abgenutzte, fadenscheinige Ahnung einer Welt, die von dem Glauben heimgesucht wird, dass einem das Beste versagt bleibt oder es noch aussteht. Diese Empfindungen, die er nur hatte, wenn er allein war, wenn sich die knarrenden oder jammernden oder gespenstischen Laute von der Treppe und dem Fahrstuhlschacht mit den Wänden, Gardinen und dem grauen Licht aus dem Hof zu einer Wirklichkeit verbanden, waren, wie er wusste, nur die letzten Nebelschleier jugendlicher Gefühlsaufwallung – dieser vergeblichen, unbestimmten Sehnsucht nach Gott weiß was. Das war nicht die Geisteshaltung, die er suchte. Sein Büro, in einer Seitenstraße der Champs-Elysees, in einem kuchenförmigen Gebäude aus den dreißiger Jahren, war beängstigend neu und ähnelte der Lounge eines verwirrend angelegten italienischen Flughafengebäudes in Miniaturformat. Die Leute, mit denen er geschäftlich verkehrte, waren eiskalte Rechner, doch fähig, mönchische Hingabe vorzuspielen, weil sie mit Wein handelten statt beispielsweise mit Papiertüten. An Bob war nichts Mönchisches; er kannte sich mit Wein aus (das heißt, er war ein Kenner der Absatzmärkte für Wein); und er kannte sich auch in Geldangelegenheiten aus.

Für einen Europäer ist nichts beruhigender als ein Mensch, auf den der seiner Nation nachgesagte Charakter zutrifft: der reizbare Franzose, der lustige Holländer, der ungehobelte Schweizer, der schlaue Rumäne – jedes dieser Abziehbilder findet seinen Platz. Bob Harris entsprach, oberflächlich betrachtet, dem französischen Klischee von einem Amerikaner – »un grand gosse« –, und damit konnte er gut leben. Er war der unkomplizierteste Mann der Welt. Er war redselig und vergnügt, und er kümmerte sich nicht groß darum, was die Leute dachten oder taten, wenn sie nur gutmütig waren. Mit lustigen Freunden – hauptsächlich Amerikanern, die Geld aufzutreiben versuchten, um eine Zeitung auf den Kanarischen Inseln zu gründen, und apfelbusigen Filmsternchen mit rosa-silbrigem Haar – besuchte er die in Rot gehaltenen Bars des achten Arrondissements. Alle wollten etwas von ihm, und er war bei allen sehr beliebt. Florence' Familie, unermüdlich im Erfinden von Spitznamen, nannte ihn die Robbe, und er hatte wirklich so einen glatten Kopf wie eine Robbe und auch so sanfte Augen und das Gebaren eines an Applaus gewöhnten Zirkustiers. Je mehr man ihn mochte und je mehr man ihn ausnutzte, desto mehr fühlte er sich in seinem Element. Nur wenn er sein verdunkeltes Schlafzimmer betrat, musste er sich zu einer Denk- und Verhaltensweise zwingen, die ihm fremd war.

Die neue Angewohnheit seiner Frau, am helllichten Tag bei zugezogenen Vorhängen im Bett zu liegen, war mehr als beunruhigend – es erschien ihm unanständig. Hätte er je einen Gedanken an das Wesen der Sünde verschwendet, dann hätte es sich so manifestiert – in diesem lichtscheuen Verhalten. Flor war nicht mehr fröhlich – und das war untertrieben. Ihr Schlaf war eine immer längere Reise über immer größere Entfernungen. Er wusste nicht, wie er sie zurückholen sollte, und ob er das überhaupt noch wollte. Er hatte sie geliebt; ein angeborener Hang zur Übertreibung ließ ihn glauben, er habe sie vergöttert. Sie hätte sich ihm auch auf andere Weise entziehen können, durch Trinken oder eine absonderliche Religion oder durch Bridgespielen; es wäre derselbe Verrat gewesen. Er war der Einzige, dem sie vertraut hatte. Wohin sie auch reiste, es war immer fort von ihm. Gefühle überkamen ihn in Stoßwellen, intensiv. Wenn er sich einem hingab, war kein Raum für ein zweites. Er hatte Flor geliebt – sie hatte sich von ihm entfernt. Es war schnell gegangen. Ohne jede Warnung. Er akzeptierte, was man ihm sagte – dass Flor krank war und sich wieder erholen würde –, doch er konnte sich des Eindrucks nicht erwehren, dass ihre Flucht geplant war und sie innehalten und umkehren könnte, wenn sie es versuchte.

Er hätte ihre Abwesenheit nutzen und ihre Schubladen durchwühlen können, auf der Suche nach Drogen oder Tagebüchern oder Briefen – nach irgendetwas, das die Gründe ihrer Wandlung erklärte. Doch er rührte nichts an in dem stillen Raum, der nicht der seine war. Nichts war von der Person geblieben, die er einst an dem Tisch in einer Ecke des dunklen Cafés in Cannes gesehen hatte, die Ellbogen auf den Tisch gestützt, in ein Buch vertieft. Sie hatte aufgeschaut, und ehe sie bemerkte, dass ein Mann sie beobachtete, hatte sie ihn auf ihrem abwesenden Gesicht alles sehen lassen, was er suchte – Leidenschaft, Disziplin, Geheimnis. Alle Geheimnisse waren Dr. Linnetti anvertraut worden – »einer Sau in einem Hängekleid«, wie Bonnie sagte, die die Dame kennengelernt hatte. Er fühlte sich auf unerklärliche Weise betrogen; mehr noch, auch er war nun in den Geheimnissen eingeschlossen. Die Preisgabe von Intimitäten würde er nie verzeihen. Sogar ihre körperliche Erscheinung hatte sich verändert. Er hatte ihre Schönheit sehr geschätzt. Sie wurde dadurch zum Objekt, das ihm so lieb und wert war wie etwas, das er sich hätte kaufen können. In Museen hatte er Gemälde von Frauen entdeckt – die lichten Frauengestalten der Impressionisten –, in denen ihn manches Detail an Flor erinnerte, das dichte Haar, die Haut, der entfliehende Blick, und das hatte sein Gefühl des Besitzes und der Liebe verstärkt. Sie hatte diese Schönheit mutwillig zerstört, mit Vergnügen, als wollte sie ihn zwingen, sie nicht nur wegen ihres Äußeren zu schätzen. Die Zerstörung war sinnlos, ein grundloser Akt des Vandalismus. Er konnte das nicht verstehen, und er war nicht sicher, ob er es überhaupt versuchen sollte.

Seine Schwiegermutter war im Salon, bereit, entdeckt zu werden. Sie musste ihn kommen gehört haben, und während er sich duschte und umzog, hatte sie sich wirkungsvoll in Szene gesetzt. Das Licht des Nachmittags, das durch die zarten Gardinen drang, war genau, wie es sein sollte. Bonnie war frisiert, geschminkt, ins Korsett geschnürt und auf tausend Augen vorbereitet. Ihr Kleid saß wie angegossen. Sie war im Begriff, sich zur Schau zu stellen und mit einer geistreichen Äußerung eine gewisse Stimmung zu schaffen. Sie hatte verschiedene Tonlagen einstudiert, sich blau, violett, grün zurechtgelegt, je nach Anlass. Ihre Hände schwebten über einer Schale mit Astern – eine kleine Inszenierung, die sie sich gerade ausgedacht hatte.

Wäre Bonnie nicht Flors Mutter gewesen, die sich Hunderte von Angriffen auf seine Großzügigkeit und seinen Stolz hatte zuschulden kommen lassen, hätte er sie vielleicht gemocht. Sie war drollig, rührend und sich der Inszenierung bewusst.

Doch für eine natürliche Beziehung zwischen ihnen gab es keine Hoffnung. Zu viel war angedeutet und gesagt worden. Sie hatte ihn zu sehr verletzt. Vermutlich hatte auch er sie verletzt. Sie begrüßte den jungen Mann, als wäre der Umstand, sich in seiner eigenen Wohnung aufzuhalten, Anlass zu freudiger Überraschung, und er reagierte wie gewöhnlich mit ernsthafter Ehrerbietung, als wäre er ein Chinese und sie eine verehrte, doch lang schon dahingeschiedene Ahnherrin; gleichzeitig konnte er sich ein breites Grinsen nicht verkneifen.

Der Überraschungseffekt war verpufft. Vergeblich hatte sich Bonnie sorgfältig angekleidet, gelächelt und gesprochen. Sogar die perfekte Beleuchtung zeigte keine Wirkung; die Sonne könnte genausogut untergehen, was Bonnie betraf. Sie versuchte doch nur, attraktiv auszusehen und eine gepflegte, anregende Atmosphäre für sie alle zu schaffen, doch keiner unterstützte sie. Er sah, dass sie wieder einmal gekränkt war, und es tat ihm leid. Er bot ihr einen Drink an, sie lehnte ab und erklärte in pikiertem Ton, dass sie auf den Tee warte.

»Wo ist Flor?«

»Das weißt du doch«, sagte Bonnie. Über die Verdienste von Dr. Linnetti waren sich die beiden völlig einig.

Er setzte sich und entfaltete die Zeitung, die er mitgebracht hatte. Bonnie legte letzte Hand an das Blumenarrangement und nahm dann ebenfalls Platz, nicht so weit weg, dass es albern aussah, doch in gewissem Abstand, damit er nicht eine Sekunde anzunehmen brauchte, dass Bonnie eine *Unterhaltung* mit ihm erwartete. Er schaute in seine Zeitung, und Bonnie hing ihren Gedanken nach und wartete auf den Tee.

Sie war fast zufrieden – es war ein gegenseitiges Tolerieren, das etwas von Behaglichkeit hatte – so hätten sie jahrelang miteinander auskommen können. Das Zimmer schien voller geerbter Möbelstücke, die man einfach nicht loswerden konnte; doch sie hatten die Wohnung so übernommen, wie sie war, mitsamt dem Ballast aus einer künstlich geschaffenen Vergangenheit. Das Mobiliar entsprach vielleicht Bobs Bedürfnis nach weicher Bequemlichkeit; und die Farben und Stoffe spiegelten Bonnies etwas damenhaften Geschmack wider, der zu Changeant-Seide, perlmuttern schimmerndem Porzellan und Pfauengrün tendierte. Auf polierten Tischen lagen die Mitbringsel von Bonnies Reisen, kleine Kuriositäten aus Silber und Glas. Ein Fernseher war dezent in einem lackierten Schränkchen versteckt, und an den Wänden hingen die Gemälde, die Bob gekauft hatte. Kein vollkommener Raum, doch er hätte viel schlimmer sein können, wie Bonnie ihrer Schwägerin oft in Briefen geschrieben hatte. Nicht eine Spur von Flor fand sich darin.

Als Flor kurz darauf nach Hause kam, brachte sie jemanden mit: eine große, junge Frau mit rundem Gesicht und blondem Haar, deren Kleidung, Stimme, Sprache und Auftreten so aus einem Guss waren, dass sie Bob noch lange danach als »die Amerikanerin« im Gedächtnis blieb, als wäre es etwas Außergewöhnliches oder Einzigartiges, Amerikanerin zu sein. Flor blieb etwas hinter ihr. Die Besucherin trat in den Raum und sagte lächelnd: »Ich bin Doris Fischer. Ich wohne unten im Haus. Es ist wunderbar, hier Landsleute zu treffen.«

»Wir sind uns auf der Treppe begegnet«, sagte Flor ganz ernst.

»Auf der Treppe, Flor? Auf der Treppe?«, fragte Bonnie aufgeregt und mühsam beherrscht, als würde sie gleich loskreischen. Flor redete nie mit Fremden und hatte seit dem Frühjahr sogar den Kontakt zu ihren engsten Freundinnen abgebrochen. Die beiden jungen Frauen schienen drauf und dran, etwas zu offenbaren; einen Moment lang hatte Bonnie die verrückte Idee, dass eine der beiden in einen schweren Unfall verwickelt worden war, den die andere jetzt schildern würde. Solche Gedanken kamen einem, wenn man mit Flor zusammenlebte. Unmögliche, unlogische Bilder gingen einem durch den Kopf, setzten sich fest und nahmen deutlichere Konturen an als offenkundige Tatsachen. Später merkte sie, dass diese Erwartung eines Unglücks einem Wesenszug der Fremden zuzuschreiben war. Doris Fischer, eine positiv denkende, fröhlich-normale junge Frau, imitierte oft die schwermütige Gestik einer irischen Schauspielerin, die im Begriff war zu gestehen, dass ihr Vater ein Säufer, ihr Bruder ein Anarchist und ihre Mutter eine Heilige sei, und so weiter. Das gab ihrem Auftritt ein falsches Vorzeichen; das Ominöse war der Zerstreutheit oder dem Unbehagen geschuldet, aber schon das konnte ja unangenehm genug sein.

»Wir haben beide unten auf den Aufzug gewartet«, sagte Doris in ihrer freundlichen, natürlichen Art. »Er ist irgendwo steckengeblieben. Sie wissen ja, dass er in diesem Haus nie funktioniert ...« Sie waren zusammen die Treppe hochgestiegen, und sie hatte etwas zu Flor gesagt. Das war alles. Daran war wirklich nichts Ungewöhnliches.

Für Flor war diese Begegnung im wahrsten Sinne des Wortes außergewöhnlich. Dass jemand es wagte und sie ansprach, nahm die Dimensionen eines Verhängnisses an. Sie war zum Ziel erkoren, aufgespürt, angesprochen worden. In ihrer Verwunderung erfasste sie etwas, was nicht so falsch war: Man hatte sie beobachtet. Doris Fischer hatte sich schon seit Tagen für das Kommen und Gehen dieser Leute interessiert und von der Concierge erfahren, dass sie Amerikaner waren. Sie hatte sogar daran gedacht, einfach an ihrer Tür zu klingeln, doch diesen Gedanken gleich wieder verworfen – und das war auch besser so, denn Bonnie hätte kein Verständnis dafür gehabt. Die Rolle einer lauernden Spinne widersprach Doris' Natur. Sie beobachtete, wenn sie einbezogen werden wollte, und blieb still, wenn alles in ihr schrie: »Nehmt mich an!« Sie war eine Landsmännin und einsam, und die anderen hätten sie auf Grund dieser Tatsache akzeptieren können, doch Flors Perspektive war nicht völlig verquer. Doris war wie eine Spielkarte, die plötzlich aufgedeckt wird: »Hüte dich vor einer blonden Frau. Sie setzt sich wie eine Napfschnecke auf dem Ehefelsen fest.« Sie würde sie alle vereinnahmen und ihre Geheimnisse ergründen wollen, ihre leeren Tage mit den Angelegenheiten der anderen ausfüllen. Doris würde eigene Geheimnisse absondern, und das straffgewebte Netz würde sie alle ganz und gar einfangen.

Alle blieben stehen. Die ziemlich banale gesellschaftliche Situation – die Nachbarin macht einen Besuch – war ein Ereignis. Doris Fischer sah den Ehemann und die Mutter nur als Schattenrisse gegen das heiße Sommerlicht. Sie war geblendet von den Farben im Zimmer. Der Kronleuchter streute Spektralfarben über Pfauenwände; blaue Seidengardinen blähten sich und fielen zusammen. Doris fand das Zimmer richtig schrecklich. Ihrem Geschmack entsprachen eher die hellen Exportmöbel aus dem hygienischen Schweden, Schmiedeeisernes in verschiedenen Ausführungen, die kriechenden Grünpflanzen, die in zentralbeheizten Räumen gedeihen, jedoch in der Sonne eingehen. In ihrem Umfeld und Erfahrungsbereich gab es nichts, was sie empfänglich machte für Liebhaberstücke oder das satte Dunkel von poliertem Holz. Sie sah die modernen Gemälde an den Wänden und war erleichtert, denn sie mochte die Vergangenheit nicht. Sie strahlte Selbstvertrauen aus und trat einen Schritt weiter ins Zimmer herein, zeigte anklagend auf die gegenüberliegende Wand und auf etwas, das dort hing.

»Das ist sehr interessant«, sagte sie mit angenehmer, doch leicht aggressiver Stimme. »Was ist das? Ich meine, von wem ist das?«

»Von einem Australier, der in seinem Land noch nicht anerkannt ist«, sagte Bob. In diesem offiziellen Ton, exakt artikuliert, sprach er oft, besonders, wenn er eine neue Bekanntschaft machte. Er musterte Doris' schlichte braun-weiße Schuhe, ihr schmuckloses Hemdkleid aus gestreifter blauer Baumwolle, ihr kurzes, lockeres Haar. Sein Verhalten war alles andere als aggressiv. Er lächelte.

Sie wandten sich alle dem Gemälde zu. Bonnie schaute auf einen hellen Fleck auf der hellen Wand und Doris auf etwas, das genausogut ein sechsjähriges Kind hätte fabrizieren können. Flor sah in den explodierenden Formen, die nichts zusammenhielt, den absoluten Beweis für die Auflösung des Universums und dass es vergeblich und töricht war, um Hilfe zu rufen. Bob schaute auf eine Investition, deren Wert stieg und die ihm gleichzeitig ein ästhetisches Vergnügen bereitete; so musste man das Leben anpacken, aus allem das Beste machen. Er nannte ganz arglos den Preis, den er letztes Jahr für das Gemälde bezahlt hatte, und den Preis, den es jetzt erzielen würde, da der Künstler allmählich bekannt wurde – ohne Prahlerei, nur um zu zeigen, dass der Sinn für das Schöne sich auszahlt – etwas in der Art.

Unbehagen, ja fast Entsetzen überzog die Gesichter der drei Frauen wie eine Glasur, was ihnen plötzlich eine oberflächliche Ähnlichkeit verlieh. Florence' Entsetzen war man gewöhnt – es war fast ihr normaler Ausdruck im Wachzustand. Bonnie litt heftig unter der Geschmacklosigkeit ihres Schwiegersohns. Doris, die Ernsthafteste, überlegte, wie viele Kinder in irgendwelchen bevölkerungsreichen Weltgegenden, wo Hunger herrschte, mit dieser Geldsumme hätten satt gemacht werden können. Doris blieb zum Tee; sie luden sie auch noch zum Abendessen ein. Sie stammte aus Pennsylvania, hatte aber in New York gelebt. Sie und Bonnie hatten keine gemeinsamen Bekannten, und Bob hielt es für eine typische Bosheit seiner Schwiegermutter, dass sie danach gefragt hatte. Sie alle befanden sich in einem fremden Land, fern der gewohnten Umgebung. Was sie trennte, war eindeutig und musste nicht betont werden. Doris sagte, ihr Mann sei Kameramann. Mal sagte sie »Kameramann«, mal »Filmtechniker«, dann wieder »Fachberater«. Er weilte beruflich in Rom und würde den ganzen Sommer über dort sein. Doris hatte beschlossen, in Paris zu bleiben, um die Stadt kennenzulernen; wenn Frank arbeitete, störte sie nur. Ihre Angaben über die Arbeit in Rom waren unpräzise. Ein Gedanke schwebte wie ein Insekt im Zimmer: Sie lügt. Bonnie dachte: Er ist mit einer anderen durchgebrannt. Bob dachte: Sie sind pleite. Er ist dort unten auf Arbeitssuche. Doris war ungeschickt und nicht ganz aufrichtig, hatte weder Charme noch Phantasie, noch Stil, doch sie bestanden darauf, dass sie blieb. Flor könnte eine amerikanische Freundin gebrauchen.

Anlässlich des Abendessens ging Doris in ihre Wohnung und warf sich in Schale. Als sie wiederkam, dachte Bonnie, sie sieht wie eine Sozialarbeiterin aus, die mit ihrer Freundin ins Kino geht. Ungerechte Bewertungen stimmten sie immer freundlich – fast hätte sie Doris in die Arme genommen. Doris war überrascht, wie kärglich und einfallslos das Dinner war. Sie war an das Essen ihrer Kindheit gewöhnt, die Berge von Kartoffelbrei, die Bratensauce mit Sahne; sie kannte die Kost des späteren Boheme-Milieus, Spaghetti mit Wein, die leeren Flaschen als Kerzenhalter. Sie wusste nicht, ob diese gutsituierten Leute asketisch waren oder einfach nur geizig. Flor aß fast nichts. Doris schaute sie über den Tisch an und sah ein beinah ätherisches Gesicht zwischen brennenden Kerzen – ein mageres Gesicht und dickes, glanzloses Haar. Sie hatten die Kerzen angezündet, ohne die Vorhänge zuzuziehen, und da die Sommernacht noch nicht angebrochen war, wirkte das Zimmer weder dunkel noch hell, was Doris aus irgendeinem Grund etwas irritierte. Das Speisezimmer war chinesisch – während der ganzen Mahlzeit wurde sie von Monstern angestarrt. Es reichte, um einem den Appetit zu verderben. Bonnie schwatzte und spielte nervös mit der Tischglocke. Bob war vollkommen desinteressiert und doch charmant. Er konnte nicht anders, als seinen Charme spielen zu lassen, das war wie ein Reflex. Doch es bedeutete nichts weiter, und Doris ließ ihn kalt. Sie spürte das und wünschte, es ihm heimzahlen zu können. Sie wäre gern abweisend und geheimnisvoll gewesen, doch sie hatte schon zu viel von sich preisgegeben. Sie hatte gleich zu Anfang alles ausgeplaudert. Sie führten ein spöttisches Geplänkel miteinander, und dahinter verbarg sich tiefere Übereinstimmung. Bonnie hörte ihnen mit erstarrtem Lächeln zu und verfiel in eine melancholische Stimmung, in der sie sich fragte, ob sie den Rest ihres Lebens mit Leuten verbringen müsse, die ihr moralisch, geistig, sozial und emotional unterlegen waren. Sie fand, dass diese beiden hervorragend zueinanderpassten. Tatsächlich waren sie einander ähnlich, doch nicht so, dass sie sich zueinander hingezogen fühlten. Weder Bob noch Doris hatten ein besonderes Gespür für die Bedeutung der Zeit; beide hätte man davon überzeugen können, dass die Welt mit dem Tag ihrer Geburt anfing. Das war keine ausreichende Basis für eine Freundschaft; jedenfalls hatte Doris beschlossen, ihr Hauptinteresse Flor zuzuwenden. Eines Tages wollte sie Flor fragen, ob Bob sie wirklich liebte und ob er außer der Malerei irgendwelche anderen geistigen Interessen hatte und worüber sie sprachen, wenn sie allein waren, und ob er gut im Bett sei. Das war die Art von Beziehungen, die sie gewöhnt war und die sie bitter vermisste – warmherzige Gespräche von Frau zu Frau und ein intensiver Austausch ehelicher Geheimnisse. Sie lächelte Flor an, doch Bonnie fing das Lächeln ab und lenkte es auf sich.

»Florence wird den August in Paris verbringen«, sagte Bonnie mit korallenrot-geschwungener, lächelnder Stimme. »Echte Pariser finden die Stadt dann am schönsten.«

Bob Harris schaute zu seiner Schwiegermutter, und man sah ihm an, dass er am liebsten laut losgelacht hätte. Sie spielte nicht länger die Rolle der Mrs Hauksbee und starrte ihn wütend an. Die Szene wirkte auf Doris ziemlich harmlos, wenn auch schwer zu verstehen. Ob Flor wohl schwanger sei, fragte sich Doris, und deshalb so still.

*

AN DIESEM ABEND holte Bonnie die Einladung nach Deauville aus dem untersten Fach ihrer Schmuckschatulle hervor, wo sie Briefe aufhob, ärztliche Rezepte und die Schlüssel zu verlorenen und vergessenen Koffern. Sie kannte die Frau kaum, die ihr die Einladung geschickt hatte. Sie hatten sich auf einer Party kennengelernt. Die Unterschrift beschwor ein flüchtiges Bild herauf: dünn, dunkelhaarig, bissig, Französin. Sie sagte zu sich, ich kenne Gabrielle kaum, doch es war so eine Art Seelenverwandtschaft vom ersten Augenblick an.

Gabrielle – die Französin – hatte in Deauville eine Villa gemietet und für den Monat August einige Freunde eingeladen, in ihrem Brief nannte sie Bonnies Kostenanteil. Bonnie war nicht beleidigt. Vielleicht hatte sie das immer gewollt. Sie saß in ihrem spitzenbesetzten Satinunterrock vor ihrem Frisiertisch und las den Brief. Sie trug eine Lesebrille mit Horngestell, was ihrer Erscheinung eine unerwartete Dimension verlieh. Als sie hochsah, zeigte der Spiegel ihr dreifaches Bild. Ihre Nase war spitz; unter dem Kinn hing ein schlaffer, weicher kleiner Kehlsack. Ihr war klar, was Gabrielle für eine Frau war und wer der andere Gast sein würde, und dass sie ausgewählt worden war, um zu bezahlen. Sie sah, dass sie keine junge Frau mehr war und in fast allen materiellen Dingen von einem Schwiegersohn abhängig, den sie bekämpft und verachtet hatte. Sie schloss die Augen und nahm eine Ecke des Briefs zwischen die Zähne. Sie leerte ihren Geist, wie man eine Flasche leert, und wartete auf eine Eingebung. Die Eingebung kam, warm wie Milch, und sagte ihr, dass sie eine geborene Fairlie sei, dass ihr Mann sie schlecht behandelt hatte, dass ihre Tochter eine *mésalliance* eingegangen war und ein Herz so hart wie eine Muskatnuss hatte, während Bonnies Herz wie ein großes, nachgiebiges Kissen war, in das ihre Lieben immerzu Nadeln stachen. Diese Tochter trug jetzt den Virus einer alle bedrohenden, moralischen Cholera in sich. Die Eingebung riet Bonnie zur Flucht und sagte ihr, dass ihr schäbiges Vorhaben sie retten könnte. Sie öffnete die Augen, betrachtete ihr Spiegelbild aber nicht, denn sie wusste nicht mehr, welche Bonnie sie erwartete. Laut, mit höchst alberner Stimme, sagte sie: »Nun, jeder Mensch verdient ein wenig Spaß.«

Später sagte sie zu Flor: »Wo du nun diese nette Freundin hast, habe ich nicht mehr so ein schlechtes Gewissen, wenn ich dich allein lasse.« Sie sagte das so beiläufig wie möglich.

Flor reagierte nicht. Sie war schlau wie ein Mörder. »Wenn ich mir die Freude zu sehr anmerken lasse, ist sie beleidigt und fährt nicht fort.« Sie stellte sich den Korridor voller Koffer vor und dass jemand die Treppe heraufkam, um sie fortzutragen.

Als Grund dafür, den August über in Paris zu bleiben, hatte Flor angegeben, Dr. Linnetti halte es für unbedingt erforderlich. Selbst wenn sie wegführe, müsste sie weiter für die drei wöchentlichen Sitzungen zahlen. Sie war mittlerweile sehr bewandert in der modernen Mythologie und erzählte die Geschichte von Dr. Freuds Patienten, die alle jedes Jahr zur gleichen Zeit zum Skiurlaub fuhren und sich alle auf die gleiche Art das Bein brachen, ohne Vorwarnung, und wie als Folge dieses Verdienstausfalls im Winter dann die Bezahlung während des Urlaubs eingeführt worden war. Wenn sie Dr. Linnetti versetzte, könnte sie ihr das übelnehmen, und was hätten sie dann alle davon?

»Moralisch gesehen ist das eine Schweinerei«, sagte Bob. Er drohte damit, der Ärztin einen Besuch abzustatten, doch Flor wusste, dass er es nicht tun würde. Er hatte sich in den Kopf gesetzt, das Ganze so zu behandeln, als wäre es nichts weiter, und hoffte, es würde sich irgendwann von allein erledigen. Er hätte jedenfalls in dieser Sache sowieso nichts unternommen. Bonnie begann ganz fröhlich über Flors August in Paris zu sprechen, als wäre es eine beschlossene Sache, so dass Bob keine Verbündete mehr hatte. Er war ratlos. Jeden Tag sollte sein Vater aus New York eintreffen. Er konnte seine Frau nicht allein in Paris lassen, aber er konnte sie doch auch nicht auf eine lange Geschäftsreise mitnehmen, zumal er auch nicht wollte, dass sein Vater mitbekam, was aus Flor und ihrer Ehe geworden war. Er hatte sich auf Bonnie verlassen, deren Einfluss auf ihre Tochter selten versagt hatte. Nach einer Weile begriff er die Sache mit Deauville. Bonnie wusste, dass er begriffen hatte. Sie erinnerte sich an die Philosophie der Selbstaufopferung, die sie gepredigt hatte und die in einem Winkel ihres Lebens noch Trübsal blasend herumsaß wie ein armer Vogel in der Mauser. Wenn es ihr möglich gewesen wäre, hätte sie dieses Bild von sich vernichtet; doch es war, wie der tierische Zeuge in einem gewissen Märchen, nicht zu beseitigen. Bob ignorierte sie jetzt. Er schien ihr den Rücken zugekehrt zu haben. Er breitete mit wachsender Begeisterung Urlaubsbilder vor Flor aus: Spanien, Portugal, Portofino, Lausanne, Schottland – Bilder, protzig wie Plakate und genauso unwirklich, wurden gezeigt und hastig beiseitegeschoben. »Ich muss hierbleiben«, sagte sie. Etwas anderes bekam er nicht zu hören.

Weil Bob nicht lockerließ, bekam Bonnie Angst, Flor könne am Ende beschließen, nicht allein zu bleiben, und das hieße, Bonnie wäre verpflichtet, sie mit nach Deauville zu nehmen. Aber das war, angesichts der seltsamen Veränderung, die mit Flor vorgegangen war, kaum möglich. Sie konnte dieses und jenes sagen und tun. Sie war immer ein launisches, unberechenbares Mädchen gewesen, doch das sagte man Rothaarigen von jeher nach. Und sie war auch hübsch gewesen – ein hübsches Mädchen kann sich vieles erlauben. Doch seit dem Frühjahr war sie Bonnie entglitten; sie kleidete sich seltsam und sah aus wie ein Gespenst. Wenn sie vor diesen Leuten in Deauville ihre merkwürdigen Anwandlungen hatte, würde Bonnie vor Scham in den Boden sinken. Wenn Flor und Doris Fischer gute Freundinnen wurden, fiele es Flor leichter, in Paris zu bleiben und all die vernünftigen Dinge zu tun – ihre Gespräche mit Dr. Linnetti fortzusetzen, mit Doris Modesalons aufzusuchen, leichte Mahlzeiten wie Omelettes mit Früchten einzunehmen und so weiter. Diät war für das seelische Gleichgewicht sehr wichtig – man ist, was man isst. Freundschaft bedeutet viel, sagte sich Bonnie und ließ Doris nicht aus den Augen – Freundschaft, Ruhe, gesundes Essen, entspannende

Bücher. Im Herbst würde Flor ein anderer Mensch sein. Flor hörte zu und dachte: Ich habe einmal geglaubt, dass sie der liebe Gott ist.

Es blieben noch fünf Tage. Bonnie hastete hin und her und trug eine Miene offener Verzweiflung zur Schau. Sie hatte alle wichtigen Termine wie Friseur, Kosmetik, Massage bis zum Schluss aufgeschoben, und obwohl sie eigentlich keine Sekunde Zeit hatte, ging sie dennoch, weil ihr die Freundschaft der beiden so wichtig war, auf Doris' Vorschlag ein, zu dritt einen Spaziergang zu machen. Doris spazierte gern durch die Straßen von Paris, doch wenn sie allein war, fühlte sie sich stets von Nordafrikanern verfolgt. Da sie blondes Haar hatte, war sie besonders begehrt. Man könnte sie ergreifen, betäuben, nach Casablanca verschiffen und sie zwingen, in einem Bordell zu arbeiten. Sogar in New York hatte sie nie ein Taxi genommen, ohne sich zu vergewissern, dass sich das Fenster herunterkurbeln ließ. Von dieser langgehegten Furcht abgesehen, war sie recht vernünftig.

Die drei Frauen fuhren eines Nachmittags mit dem Taxi zur Place de la Concorde und spazierten zum Pont Neuf. Sie gingen über die Spitze der Ile de la Citè zum linken Ufer hinüber. Es war ein heißer, klarer Tag; das schläfrige, sommerliche Paris; ein milchiger Himmel, die Aussicht auf Brücken und zitternde Bäume. Flor trug ihr langes Haar offen und hatte Sandalen an. Sie wirkte wie eine Wilde und doch wie eine Städterin, unnatürlich, wie eine Zigeunerin in einem Musical. Bonnie ging in der Mitte, sie war kleiner als die beiden jungen Frauen, war sich jedoch nur bewusst, dass sie kleiner als Flor war. Ein komisches Gefühl, plötzlich zu der Person aufblicken zu müssen, die man einst völlig unter Kontrolle gehabt hatte. Bonnie schritt leichtfüßig aus; sie war streng darauf bedacht, eine jugendliche Figur zu behalten. Doris, die große Blonde, fand, dass sie eine Hakennase hatte und dünn wie ein Vogel war. Ein geiziger kleiner Vogel, ergänzte sie. Bonnie hatte etwas, das ihr nicht gefiel. Doris trug das Kleid, das sie mittlerweile für ihre Tagesdienstuniform hielten: ein adrettes Hemdblusenkleid von der Stange. Der kleine blaue Hut hätte ihr gut gestanden, dachte Bonnie und überlegte, wie sie ihn ihr andrehen könnte. Doris verkündete von Zeit zu Zeit, wie wohl sie sich an diesem schönen Tag fühlte. Sie sagte, sie könne kaum glauben, dass sie wirklich in Paris war. Sie fühle sich wie nach einem guten Essen, sagte sie allen Ernstes, denn das Wohlgefühl der Verdauung schnitt im Vergleich zu jedem anderen Vergnügen, das sie bisher kennengelernt hatte, positiv ab. Obwohl weder Flor noch Bonnie darauf antworteten, spürte Bonnie für einen kurzen Moment, dass sie bei Doris' Worten das Gleiche empfanden; dazu bedurfte es keines Blickes, keines Händedrucks. Später war dies eine ihrer schmerzlichsten Erinnerungen. Sie vergaß die Zeit und das Jahr und wer dabei war und erinnerte sich nur noch daran, dass es an einem fernen Tag mit ihrem verlorenen, geliebten Mädchen einen Moment der Eintracht gegeben hatte, als sie über eine Brücke gingen.

Flor gestattete sich, ihre Umgebung reliefartig zu sehen, obwohl sie wusste, dass das gefährlich war. Menschliche List verbarg den Verfall von Paris. Der Efeu unterhalb von Notre-Dame hatte die gemalte Fassade der Stadt überwuchert – mitfühlend verbarg er eine Ruine. Die Invasion der Fremden glich den Busladungen von Touristen in Pompeji. Sie waren orientierungslos und fehl am Platz. Mit ihren Kameras dokumentierten sie alles und versuchten nicht, den Tag zu erleben, sondern einen Tag festzuhalten, der nicht der ihre war. Das hatte so wenig mit der Gegenwart zu tun, dass sie eine Vermutung bestätigt fand: Es gab hier keine Gegenwart, und die Fremden hatten völlig recht, wenn sie dokumentierten, glotzten, kicherten, jenes Unbehagen zeigten, das ein gesunder Besucher in einem Krankenhaus empfindet – die unbestimmte Furcht, dass eine verborgene Krankheit ausbrechen und einen zum Bleiben zwingen könnte. Ihr Herz war aus seinem Gefängnis ausgebrochen und hämmerte unter der Haut. Der Geruch ihrer eigenen Hände bereitete ihr Übelkeit. Niemand bemerkte es.

Am anderen Ufer angekommen, entschied Bonnie, dass sie lange genug spazieren gegangen waren. Sie sah sich nach einem Taxi um. Doch Flor sagte plötzlich, sie wolle noch weitergehen. Die anderen fügten sich; drei Frauen, die an einem Sommertag an der Seine entlangschlenderten.

»Hier gibt es ein Fenster mit einem Pferd darin«, sagte Flor ernsthaft. »Das möchte ich sehen.«

Bonnie hoffte, dass Doris es nicht gehört hatte. Sie konnte nichts dagegen tun. Die Augen ihrer Tochter waren angstvoll geweitet. Ihre Lippen bewegten sich. Bonnie lief weiter zwischen den beiden jungen Frauen, so dass jede Unterhaltung über sie gehen musste.

»Sind wir nicht mal hier langgegangen, als ich noch klein war?« fragte Flor.

Flor sprach nie von der Vergangenheit. Dass sie es jetzt

tat, war beunruhigend. Es war auch ein Problem von Zeit und Ort. Es war vier Uhr, und Bonnie hatte um fünf eine Anprobe bei ihrem Schneider. Sie sagte: »O Schatz, wir haben Paris erst besucht, als du ein großes Mädchen warst. Das weißt du doch.«

»Ich dachte, wir sind immer hierhergekommen und haben das Pferd angeschaut.«

Das war so grotesk, und doch konnte Bonnie nicht umhin, Doris besorgt und flehend anzusehen, als wolle sie sagen: »Wir haben früher viel zusammen unternommen – wir waren Freundinnen.« Sie befanden sich noch auf dem Quai de Montebello, als Flor sie veranlasste, die Straße zu überqueren, und sie zu einem großen Eckfenster führte. Tatsächlich, da war ein ausgestopftes Pferd. Flor war also doch nicht so verrückt.

Eine Amerikanerin, ähnlich wie Doris gekleidet, stand vor dem Fenster und hielt ein Kind an der Hand. Auf dem Bürgersteig kauerte der Mann, einen Fotoapparat vor den Augen, und versuchte, sie alle aufs Bild zu bekommen – Frau, Kind und Pferd. Der Junge trug ein gemustertes Hemd, das zu dem seines Vaters passte, auch seine Brille mit Hornfassung war die gleiche, nur kleiner. Er sah wie eine Miniaturausgabe des Vaters aus. Doris' fröhliche Blicke verrieten, dass sie das ulkig fand, doch Bonnie war zu sehr mit Flor beschäftigt, um darauf zu achten; Flor schaute das Kind an, dann das Pferd, wie gebannt, entsetzt. Ihre Haut war aufgedunsen und bleich. Schweiß bedeckte ihre Wangen.

Der Junge sagte: »Warum ist das Pferd da?«, und die Mutter antwortete mit ausdrucksloser, gelangweilter Stimme: »Weiß *ich* doch nicht. Es ist tot.«

»Das stimmt nicht«, sagte Flor schroff. »Es bewacht den Laden. Nachts geht es raus und galoppiert am Fluss entlang, und es trägt ein weißrotes Zaumzeug. Man kann es in den Parks sehen, wenn die Tore geschlossen sind.«

Doris, die sich an dem vermeintlichen Spiel einer wunderlichen Seele beteiligte, sagte: »Wenn die Tore geschlossen sind, wie kommt man dann hinein, um es zu sehen?«

»Das ist die Frage!«, rief Bonnie munter.

Sie achtete nicht auf ihre Stimme. Alles war darauf konzentriert, Flor von hier wegzulocken oder die drei Touristen von ihr fernzuhalten, die sie mit offenem Mund anstarrten.

»Wir waren hier, als ich klein war«, sagte Flor weinend und hielt ihre Hände fest umklammert. »Ich kann mich an dieses Pferd erinnern. Ich bin ganz sicher. Selbst als ich zu Hause auf dem Rasen gespielt habe, wusste ich, dass es hier war.« Sie sah die Laubengänge der Tuilerien an einem Herbsttag und das galoppierende Pferd: Sie konnte dieses Bild nicht beschreiben, eine Verkörperung von Qual, Sehnsucht und unerträglichem Schmerz.

»Oh, Liebes«, sagte ihre Mutter, und sie weinte nun auch. Diese Szene erinnerte an frühere Zeiten, als sie noch voller Emotionen und einander nahe waren. Doch diese Nähe war eine Falle gewesen, und beide könnten nun denken: Wenn es dich nicht gegeben hätte, wäre mein Leben anders verlaufen. Wenn du nur zur rechten Zeit aus meinem Leben verschwunden wärst.

Doris dachte: Verwöhnt. Viel Lärm um nichts. Sie dachte auch: Ich bin wie eine Schwester, ein Familienmitglied. Sie sagen alles in meiner Gegenwart.

Vielleicht war es auch so, weil es ganz natürlich schien, dass Doris ein Taxi besorgte, mit ihnen nach Hause fuhr und Flor zu Bett brachte. Sie bestellte sogar eine gute Tasse Kaffee für alle und spielte der Köchin eine harmlose Komödie der Tüchtigkeit vor. Nach ein paar Tagen hatte Doris das Gefühl, sie schon seit Jahren zu kennen. Sie trat in ihr Leben und zog ihre Existenz wie einen nassen Regenmantel hinter sich her, und keiner unternahm etwas, um sie daran zu hindern. Sie nannte alle beim Vornamen und hatte sich Bonnies Sorgen angehört und eine Menge ihrer eigenen angedeutet. Bob nannte sie Mondgesicht, weil sie aus lauter Kreisen bestand, rundes Gesicht, runde braune Augen. Der erste Eindruck amerikanischer Frische hatte sich verflüchtigt. Ihre Haare sahen oft aus, als hätten Mäuse daran geknabbert. Die Hemdblusenkleider wurden mit Sicherheitsnadeln zusammengehalten, aufgetrennte Säume mit andersfarbigem Garn nachgenäht. Sie trug alberne Strohkörbe mit künstlichen Blumen am Henkel und schien ihre Kleider unter drei Gesichtspunkten ausgewählt zu haben: Sie durften nicht viel kosten, sie mussten aussehen, als könnte jeder sie tragen, und sie mussten auch für eine Sechzehnjährige geeignet sein. Doris gehörte nicht in ihr Leben, nicht in den Pariser Sommer. Sie gehörte zu einer unbekannten heruntergekommenen Industriestadt voller Abstellplätze für Gebrauchtwagen. Sie saß an Flors Bett, nach vorn gebeugt, die Hände um die Knie. »Ich weiß so etwa, wie dir zumute ist«, sagte sie. »Manchmal bin ich so deprimiert, dass ich mich, ehrlich gesagt, nicht auf die Straße traue. Mir ist, als wäre es mir auf die Stirn geschrieben, dass etwas nicht stimmt. Ich bilde mir ein, dass die Meute mich angreifen und zerreißen wird, weil ich unglücklich bin und Unglück ansteckend ist.« Als sie das sagte, wirkte sie richtig liebenswürdig und lebendig. Sie war gerade erst aus einer anderen Welt gekommen, wo man allgemeines Elend vielleicht für selbstverständlich hielt. Bob sagte, Mondgesicht sei dumm, und Flor hatte ihm mangels einer eigenen Meinung zugestimmt, doch konnte sich Flor über sie erheben? Sie hätte viel darum gegeben, zu den Siegern zu gehören, eine aus dieser trampelnden Meute zu sein.

Von Flor war nicht viel zu erwarten, und so wandte sich Doris lieber Bonnie zu. Sie würde es nacheinander bei jedem Familienmitglied versuchen, und nur ein totaler Misserfolg könnte sie vertreiben. In der Familie hätte sie, unter welch armseligen Bedingungen auch immer, wenigstens irgendeine Bleibe. Sie hatte Angst gehabt, nie irgendjemanden in Paris kennenzulernen; sie sprach sehr wenig Französisch und hatte nie ins Ausland gehen wollen. Doch es dauerte nicht lange, bis sie begriff, dass diese Leute, obwohl sie hier schon jahrelang lebten und einige französische Worte in ihrer privaten Familiensprache gebrauchten, keinen Kontakt mit dem Leben in Frankreich hatten. Sie hatten Freunde; Bob und Bonnie schienen viel herumzukommen; doch sie waren mit dem Leben nicht so verbunden, wie die ernste, sozial denkende Doris es sich gewünscht hätte. Trotzdem genoss sie die neue Vertrautheit mit Bonnie. Die wenigen noch verbleibenden Tage tranken sie täglich Tee in Bonnies Schlafzimmer. Bonnie packte wie eine Besessene ihre Koffer. Sie schlossen sich in dem austernfarbenen Zimmer ein, Bonnie im Unterrock, weil ein Kleid ein psychologisches Hindernis war, wenn sie etwas zu tun hatte, und tratschten und packten. Doris saß auf dem

Fußboden – die Stühle waren mit Kleidern belegt, die Bonnie nach Deauville mitnehmen oder nicht mitnehmen wollte. Bonnie war darauf bedacht, den Namen der Hausherrin von Deauville nicht zu nennen, aus einer Art Verachtung für Doris, doch Doris kam ihr bald auf die Schliche. Sie war nicht beeindruckt. Sie war misstrauisch gegenüber jeglichen Adelstiteln und fand, Bonnie wäre eine nettere und aufrichtigere Person gewesen, hätte sie ihre Möglichkeiten zum Umgang mit Universitätsprofessoren und deren Frauen genutzt.

Bonnie interessierte nicht, was Doris dachte. Alles war unwichtig gemessen an Flors zunehmender Verdrehtheit und ihrer eigenen überstürzten und feigen Flucht. Sie sprach über Flor und wie Flor Bonnies Schwächen vor Dr. Linnetti übertrieb.

»Alle Kinder hassen ihre Eltern«, sagte Doris und zuckte mit den Schultern. Sie nähte Träger für Bonnie an und biss den Faden ab. Es gab Themen, bei denen sie sich einen überlegenen Ton erlaubte. Diese Leute hatten Geld, waren aber absolut ungebildet. Nur Bob hatte einen akademischen Grad. Soweit Doris das mitbekam, hatte Flor sogar kaum die Schule besucht. Doris war stolz auf ihre Bildung – ein Bündel von Ansichten, das sie vor sich herschob wie einen Kinderwagen mit Zwillingen. Sie hätte nicht sagen können, dass die kürzeste Verbindung zwischen zwei Punkten eine Gerade ist, doch sie wusste, dass »Feindseligkeit« das Schlüsselwort für menschliche Beziehungen ist und ein Mann mit einem vereiterten Zahn sich nur selbst bestraft.

»Ich kann nur sagen, dass ich meine Mutter bewundert habe«, sagte Bonnie. »Mehr kann ich dazu nicht sagen.«

»Sie wollen es sich nicht eingestehen. Oder Sie erinnern sich nicht mehr daran.«

Bonnie erinnerte sich an andere Dinge – sie erinnerte sich, wie sie, Bonnie, siebenunddreißig Jahre alt, ihr Name in den Schmutz gezogen, Flor geschworen hatte, sie würde nie wieder einen Mann anschauen, wie sie geschworen hatte, dass sie bis ans Ende ihrer Tage immer für Flor da sein werde. Im Grunde ihres Herzens hatte sie gewusst, dass dies ein vorläufiges Versprechen war, und sie hatte gesagt: »Ich habe noch fünf gute Jahre vor mir.« Mit zweiundvierzig dachte sie: Mein Leben ist noch nicht zu Ende. Ich habe immer noch fünf gute Jahre. Und so war es gewesen, es war um jeweils fünf Jahre hinausgeschoben worden, bis Flor nun verheiratet war und in einem Traum lebte und Bonnie zweiundfünfzig war. Sie wollte, dass Flor sich ruhig verhielt, sich gut benahm, jetzt, in dieser Minute, keine Hilfe brauchte. Sie wurde von Gefühlen hin- und hergerissen, mal war sie verzweifelt auf ihre eigene Sicherheit bedacht, dann wieder verging sie vor Reue im stürmischen Bewusstsein, versagt zu haben. Sie ließ Doris auf dem Fußboden sitzen und ging in das Zimmer ihrer Tochter. Flor lag auf dem Bett, mit weit geöffneten Augen, eine Zeitschrift in den Händen. Sie hatte immer eine Zeitschrift dabei, so dass sie so tun konnte, als würde sie lesen, wenn jemand kam. Niemandem gefiel ihre Angewohnheit, unbeweglich im Halbdunkel zu liegen.

Bonnie setzte sich auf ihr Bett. Sie wollte sagen, Flor, mein Leben war die Hölle. Dein Vater war Katholik. Er brachte mich dazu, Katholikin zu werden und eine Menge Dinge zu glauben, und dann war er plötzlich keiner mehr und ließ sich scheiden.

Und das ist nicht alles, es ist nur ein Bruchteil. Was sie sagte, war: »Schatz, ich schlage dir nicht vor, einen Priester aufzusuchen, weil ich weiß, dass du es nicht tun würdest. Aber ich stimme Bob zu und finde, dass Dr. Linnetti nichts taugt. Wenn du sowieso im August hierbleibst, solltest du einen anderen Arzt konsultieren. Weißt du, ich kannte da einen Arzt ...«

»Ich weiß«, sagte Flor mit neu erwachtem Widerwillen.

Doch Bonnie hatte nicht die alte, katastrophale Liebesaffäre gemeint. Sie hatte an einen total seriösen Facharzt in Neuilly gedacht. Flors Augen erschreckten sie. Sie fingerte nervös an der Zeitschrift und dachte an den anderen Arzt, den Liebhaber, und fragte sich, was Flor damals mitbekommen hatte. Flor musste elf oder zwölf gewesen sein. Ihr war, als hätte sie in die Sonne gestarrt, so dunkel erschien ihr das Zimmer.

»Es geht mir sehr gut«, sagte Flor, »und ich brauche keinen Priester, Mama. Hör zu. Es geht mir gut. Ich bin etwas blutarm. Deshalb bin ich so blass. Weißt du nicht mehr, dass ich immer etwas blutarm gewesen bin?«

Flor hatte gesagt, was Bonnie hören wollte.

»Oh, ich weiß«, sagte Flors Mutter lebhaft. »Ich weiß! O mein Lämmchen, diese schreckliche gehackte rohe Leber, die du essen musstest! Du warst immer blutarm. Natürlich, jetzt erinnere ich mich.«

»Deshalb bin ich so schnell müde«, sagte Flor sanft. »Dann die Sitzungen bei Dr. Linnetti, dreimal die Woche. Das strengt auch an. Es macht mich einfach müde. Und deshalb lege ich mich hin. Der August hier allein wird wunderbar sein. Ich werde mich die ganze Zeit hinlegen. Ich bin *blutarm,* Mama.«

Bonnies erwartungsvolle Blicke ruhten auf ihrer Tochter. Sie hätte sie angeschrien, wenn sie es gewagt hätte: Ja, erzähl es mir, lass es mich glauben.

Das eben war das Entwaffnende an Flor. Sie konnte so vernünftig sein, konnte alles erklären, dass man sich wie ein Idiot vorkam. Lächelnd sagte sie: »Mach dir keine *Sorgen* um mich«, und man glaubte, Flor weiß schon, was sie tut. Es geht ihr gut.

Einerlei, dachte Bonnie, es ist schade, dass sie erst sechsundzwanzig ist und schon ihre Schönheit verloren hat.

*

BOB HARRIS WOLLTE NUR DAS EINE, dass nämlich Flor in den kommenden vier Wochen Paris verließ. Manchmal erwähnte er Cannes, weil sie das Meer liebte. Dann Deauville, doch da zog Bonnie ein Gesicht. Er wusste, es ging um mehr, als nur den August herumzubringen, aber dafür war jetzt keine Zeit. Sein Vater war aus New York gekommen. Ein freundlicher alter Herr, der diese Heirat nicht gewünscht hatte. Er schien keinen Raum in der Wohnung zu benötigen, und er machte allen großzügige Geschenke. Bonnie ließ ihren Charme spielen, ohne Erfolg. Sie suchte in ihm einen Verbündeten, mit dem sie die Sorge um die törichten jungen Leute teilen konnte, auch das ohne Erfolg. Da gab sie auf. Sie fand, dass ihre Familie eher das Recht gehabt hätte, die Ehe zu missbilligen, und dass die Harris-Familie sich zu viel herausnahm. Der alte Mann sah Flor, ihr Schweigen, ihre Geistesabwesenheit und vermutete, sie hätte einen Liebhaber und ihre Blässe resultierte aus Schuldgefühlen. Die jungen Leute waren seit zwei Jahren verheiratet; er hielt diese Ehe für eine traurige und leidige Affäre. Sie hatten keine Kinder, und es war auch keine Rede davon. Er dachte, *ich habe ihn gewarnt,* laut aber sagte er nichts – er wollte keinen Anlass für eine Entfremdung zwischen sich und seinem einzigen Sohn bieten. Seine dezente Traurigkeit rührte sie alle. Er war von zurückhaltender Höflichkeit und sah nicht gesund aus. Seine Haut hatte die durchsichtig-bläuliche Farbe entrahmter Milch. Bonnie wollte ihn anschreien: Ich habe deinen Sohn nicht gewollt! Sie fragte sich, warum er so verdammt höflich sein musste. Ihrer Meinung nach gab es keinen sozialen Unterschied zwischen einem jüdischen Weinhändler und dem alten Schmuggler in der Familie ihres Ex-Ehemanns von vor dreißig Jahren.

Bonnie und ihr Schwiegersohn waren Verbündete im Bemühen, den alten Mann über den wahren Stand der Dinge im Unklaren zu lassen. Bonnie war immer bereit, sich zu verbünden, wenn ihre gemeinsame Existenz gefährdet war. Sie bedauerte die Heirat und glaubte, Flor hätte eine bessere Partie machen können, doch die meiste Zeit war sie dankbar. Sie betete das Geld der Familie Harris an; sie hätte allen Mitgliedern der Familie jeden Tag die Füße gewaschen, wäre das im Vertrag vorgesehen gewesen. Es gab seit jeher ein stillschweigendes Übereinkommen mit Bob, das Flor nie durchschaut hatte. Sie hatte nie verstanden, warum Bob so nett zu ihrer Mutter war. Sie nahm an – anfangs, als sie noch neugierig war und sich Dinge zusammenreimte -, dass es etwas mit seinem Judentum zu tun hatte und dem Respekt vor den Eltern. Doch das war ein Thema, dem er immer auswich. Seine ganze Persönlichkeit hatte etwas Ausweichendes. Charakteristisch war die gleitende Bewegung seines Kopfes und des Körpers, sobald die Unterhaltung eine ihm unbehagliche Wendung nahm. Auch deswegen hatte er den Spitznamen »die Robbe«.

Die von ihnen errichtete Fassade war fast makellos; vielleicht hatten sie den alten Mann sogar erfolgreich getäuscht. In diesem Bemühen mussten sie sich ins Gesicht sehen, und diese Momente zwischen Entsetzen und Perfektion waren nicht einstudiert. Sie schleppten die widerstrebende Flor auf Partys, in Restaurants, ins Theater. Manchmal hielten Bob und Bonnie die Situation sogar schon für echt und stellten erstaunt fest: »Schau mal an, siehst du, wie schön das Leben sein kann?« Flor wirkte ganz normal, sie klagte nur über Müdigkeit, was ja für viele Frauen typisch ist. Eines Tages machten sie eine Exkursion nach Montparnasse; Bob kaufte Bilder, und Bonnie hatte einen jungen Künstler entdeckt. Sie sagte, er sei Pole und sehr talentiert. Es war ein schlimmer Ausflug; Bob war verärgert, weil Bonnie versprochen hatte, dem jungen Mann zu helfen, ohne zuerst mit ihm darüber zu reden. Das Atelier war wie dutzende andere in Paris: ein Ofen mit der Asche vom vergangenen Jahr, und die Bilder, die er ihnen zeigte, waren kalt und uninspiriert. Eine schmeichelhafte Zeichnung von Bonnie war an die Wand gezweckt. Der Maler sprach, als verdanke er seine Redeweise dem aufmerksamen Studium alter Charles-Boyer-Filme. Er hatte eine birnenweiche Stimme und einen französischen Akzent.

»Ich mag ihn nicht«, sagte Bob auf der Heimfahrt. »Er taugt nichts. Er malt wie ein kleines Mädchen. Und überhaupt, er ist ein Schwindler. Was soll der Akzent? Er ist doch nur ein Junge aus New York.«

»Er hat viele Jahre hier gelebt«, sagte Bonnie, die Vogelmutter mit gesträubtem Gefieder.

»Ich kann hier noch viel länger leben, dadurch wird sich meine Stimme nicht verändern«, sagte Bob. »Er hat Angst. Er fürchtet sich davor, zu sein, was er wirklich ist. Wenn er natürlich reden würde, wäre er nicht Michel Colbert. Colbert. Colbert. Was heißt das schon?«

»Was heißt Harris?«, sagte Bonnie zitternd.

Nichts wurde mehr gesagt. Sie sagten gar nichts mehr, und das Schweigen schlug über ihnen zusammen wie Meereswogen. Der Aufzug im Haus war wieder mal außer Betrieb. Bonnie klammerte sich an Flor, als sie die Treppe hochstiegen. »Was habe ich wieder angestellt?«, flüsterte sie schwer atmend und kniff Flor in den Arm.

Flor lag noch keine Minute auf dem Bett, als ihr Mann hereinkam und die Tür hinter sich zuwarf. Er stand dicht vor ihr und fragte: »Warum zum Teufel hast du mich nicht unterstützt?«

»Ich habe nicht zugehört«, sagte Flor erschrocken. »Ich habe nichts gesagt.«

»Das meine ich ja. Was soll denn mein Vater denken?«

Er fuhr nicht fort. Man hatte ihm zu viel genommen. Er wollte nicht auch noch verlieren, was ihm geblieben war. Flor wirkte verängstigt, als sie zu ihm hochschaute, wie ein Kind auf dem Bett zusammengerollt, und er empfand Mitleid mit ihr und mit ihnen allen. Man hatte sie von ihrem Bett weggeschleppt zu diesem sinnlosen Besuch im Atelier, und nun musste er sie schon wieder wegschleppen. Sie war ein krankes Mädchen; das durfte er nicht vergessen. Er setzte sich halb abgewandt auf die Bettkante und sagte sanft: »Wir müssen zum Essen gehen, ist dir das klar?«

»O nein, nein.«

»Mein Vater und einige seiner Freunde erwarten uns«, sagte er. »Du weißt, dass ich dort hingehen muss. Diese Leute haben uns eingeladen. Bonnie kommt auch mit.« Damit wollte er sagen, dass Bonnie den Anforderungen des Lebens gerecht wurde.

»Ich möchte lieber nicht.«

Er war so müde, dabei war er doch ein Mensch, der eigentlich keine Müdigkeit kannte. Er dachte: Schlimm genug, dass du deine Frau wegen solcher Lappalien anflehen musst. »Es wird dir guttun«, sagte er.

»Ich war schon im Atelier«, sagte sie klagend.

»Man kann zwei Orte an einem Tag aufsuchen«, sagte er. »Es ist noch nicht spät. Es ist Sommer. Draußen ist es noch hell. Wenn du diese Fensterläden öffnen würdest, könntest du es sehen.« Er hatte die fixe Idee, dass sie sich vor der Dunkelheit fürchtete.

Licht und Dunkelheit hatten nichts mit ihren Ängsten zu tun. Sie bewegte den Kopf, unfähig zu sprechen. Er wollte ihre Hand nehmen, doch er berührte sie mittlerweile nicht mehr. Im Frühling hatte sie ihn angefleht, sie in Ruhe zu lassen. Sie hatte sich benommen wie eine Gefangene, die man zum Verhör weckt. Morgen, hatte sie versprochen, oder am Morgen. Jederzeit, nur nicht jetzt. Er weckte sie eines frühen Morgens und fühlte sich gedemütigt. Was war aus ihnen geworden seit Cannes, seit dem Sommer, als sie sich kennengelernt hatten. Er konnte nicht darüber sprechen. Er rührte sie nie wieder an. Jetzt konnte er sie gar nicht anschauen. Ihr Haar, auf dem Kissen ausgebreitet, wirkte wie eine Parodie auf die Zeit in Cannes. Die Fenster mit den geschlossenen Läden ebenso.

Flor spürte seine Anwesenheit. Obwohl sie die Augen zuhatte, sah sie ihn vor sich. Er hatte sich halb abgewandt. Sein Rücken und der Umriss des Kopfes zeichneten sich gegen das schwache sommerliche Licht ab, das durch die Ritzen der Fensterläden hereindrang. Seine Hand lag flach auf dem Bett, und da erwachte die Erinnerung, wie ihre Hände nebeneinander auf dem warmen Sand gelegen hatten. Als er seine Hand dann auf ihre gelegt hatte, war der Abdruck seiner Handfläche geblieben, und weil sie beide instinktiv abergläubisch waren, hatten sie diese kleine Mulde weggewischt.

Er sagte mit einer solch kläglichen Stimme: »Bist du wirklich so müde?«, dass sie ihm helfen wollte.

Sie sagte: »Ich hab‘s dir doch schon gesagt. Ich habe Angst.«

Er hatte von ihrer Angst vor Autos gehört, konnte es aber nicht glauben. Er hatte nie Angst gehabt; er war eine Zirkusrobbe. Man hatte ihm immer Beifall und Lob gespendet. Er versuchte, reale Gründe für Angstgefühle zusammenzutragen. »Hast du Angst vor dem nächsten Krieg? Ich meine, denkst du an Bomben und all das?«

Flor bewegte ihren Kopf auf dem Kissen. »Das ist es nicht. Ich denke nicht an den Krieg. An die Vorstellung habe ich mich gewöhnt, wie alle anderen auch.« Sie unternahm einen neuen Erklärungsversuch. »Weißt du noch, wie wir einmal spazieren gegangen sind, unter der Brücke, der Junge, der den Mann mit den Füßen getreten hat? Der Mann lag am Boden.«

»Was soll das bringen, an so etwas zu denken?«, sagte er.

»Immer tritt einer einen anderen mit Füßen. Du kannst dich nicht für alles verantwortlich fühlen.«

»Warum ist der Mann nicht wenigstens aufgestanden? Seine Augen waren offen.«

Er hatte befürchtet, sie würde fragen: Warum haben wir ihm nicht geholfen? Der Vorfall hatte selbst damals, als sie Augenzeugen waren, weit weg und grotesk gewirkt. Wenn man im Ausland lebt, lernt man, sich um seine eigenen Angelegenheiten zu kümmern. Doch alle diese Überlegungen blieben vage. Er wusste, dass sie eine schwindelerregende Anstrengung unternahm, nicht wieder auf ihre weite Reise zu gehen. Er sagte etwas, woran er bisher nicht gedacht hatte. Es schien unwiderlegbar: »Wir wissen nicht, was der Mann ihm zuerst angetan hat.« Vielleicht akzeptierte sie das; es verursachte ein Schweigen. »Ich bin froh, dass du mit mir sprichst«, sagte er demütig, obwohl er das Gefühl hatte, dass sie ihn ins Unrecht gesetzt hatte.

»Vor so etwas habe ich Angst«, sagte Flor.

»Niemand wird dich unter eine Brücke zerren und dich mit Füßen treten.« Er sah sie neugierig an, weil ihre Stimme unecht geklungen hatte; nicht so wie Bonnies Stimme ab und zu, sondern als würde wirklich jemand anderer für sie sprechen.

»Manchmal, wenn ich etwas sagen will«, fuhr sie mit derselben Stimme fort, »drängt sich etwas zwischen meine Gedanken und die Worte.« In diesem Augenblick verachtete sie sich selbst. Sie glaubte, einen üblen Geruch zu verströmen. Sie war die kranke Rothaarige, der sterbende, zitternde Fuchs. »Es ist nur die Blutarmut«, sprach sie hastig. »Das Blut dringt nicht bis ins Gehirn.«

Ein stärkerer Impuls als Stolz hatte ihn getrieben, ihre Hand zu nehmen. Diese Hand war warm und trocken und gehörte einem vertrauten Wesen. Er hatte sie geliebt; er versuchte, ihre gemeinsame Vergangenheit zu rekonstruieren, nicht sentimental, sondern als ein lebendiges Gebilde von Haar, Haut, Atem. Das überstieg sein Vorstellungsvermögen und war in Wirklichkeit abstoßend. Es wirkte ungesund. Trotzdem sagte er in der Erinnerung an damals: »Ich liebe dich doch«, dabei dachte er an den heißen, längst entschwundenen Sommer in Cannes und an die weißen Wände seines verdunkelten Zimmers an einem glühenden Nachmittag und wie er mit Flor vom Strand hereingekommen war. Er sah den Abdruck seiner Finger auf ihrer braunen Schulter; er glaubte, Salz zu schmecken. Plötzlich war ihm, als müsste er sich übergeben. Sein Mund war voller Speichel. Er dachte, ich werde verrückt und war erschrocken, wie empfindlich die Wunde war. Er wusste noch, was es hieß, vor Liebe krank zu sein.

»Es ist besser, wenn du mitkommst«, sagte er. »Es wird dir guttun. Du wirst sehen, es gibt nichts, wovor du Angst haben musst.« Mit diesen Worten veranlasste er sie beide, ihre neuen Rollen weiterzuspielen: die leicht ermüdende Ehefrau, der geduldige Ehemann.

Noch nie war er so beharrlich gewesen; doch durch den Rückzug seiner Frau war ihm zu viel genommen worden, und er hatte, ohne es zu wissen, auf das gebaut, was geblieben war: Geld und sein persönlicher Charme. Nach wie vor bezauberte er die Leute. Die Concierge war noch minutenlang nach seinem täglichen Gruß ganz selig. Diese Elemente – die Wichtigkeit des Geschäfts, seine eigene Attraktivität – entzogen sich wie das Meer und ließen ihn gestrandet und ohne seine Frau zurück.

Flors Krise war vorbei. Das Tier mit der scharfen Schnauze, das in ihrer Brust wohnte, war eingeschlafen. Sie sah ihren Mann an und erkannte, dass, was immer ihn geschützt hatte, in diesem Moment von ihm gewichen war; er wirkte bedauernswert und ohne Selbstvertrauen. Sie hätte sagen können: Vergib mir, oder sogar: Hilf mir, und es hätte anders sein können zwischen ihnen, wenn nicht besser, doch Bonnie kam herein. Sie hatte geklopft und angenommen, eine Antwort gehört zu haben. Weder Bob noch Flor verstanden genau, was sie sagte. Die Gegenwart rauschte scheppernd herein, denn Bonnie riss mit einem empörten Ausruf die Fensterläden auf, und die Erinnerung an die vergangene Liebe, jener empfindliche Kelch, war auf der Stelle zerschellt.

Bob stand neben Bonnie. Jetzt waren sie wieder verbündete Feinde, und gemeinsam zerrten sie Flor hoch und aus dem Bett. »Ich verzeihe euch niemals«, sagte Flor; doch sie stand auf, badete, steckte ihr Haar auf. Sie beide – Bob und Flor – teilten das Gefühl der Erleichterung – nun gab es keinen Grund, allzu sehr zu leiden. Kein gegenwärtiger Schrecken kam dem mächtigen Leiden der Vergangenheit gleich. Die Vergangenheit noch einmal zu durchleben, in vollem Bewusstsein dessen, was danach kam, war eine Probe, die über ihre Kräfte ging. Das hätte niemand verkraftet; sie waren keine übernatürlichen Wesen, sie waren nur Menschen.

*

ZWEI TAGE DANACH, am vierten August, fuhren alle fort außer Flor. Die Köchin und das Hausmädchen waren schon in die Bretagne abgereist, jede mit einem schäbigen, schweren Koffer. Bob und sein Vater fuhren am Morgen mit dem Auto los. Bob war beim Abschied herzlich und ziemlich deftig und zerstreut. Er klopfte Flor auf den Hintern und küsste sie auf den Mund. Das fand auf der Straße statt. Sie war heruntergekommen, um zu sehen, wie sie das Auto beluden – wie jede andere junge Frau, die Urlauber verabschiedet. Sie hatte die Arme über der Brust verschränkt, als ob es kalt wäre. Der alte Herr, nun endgültig davon überzeugt, dass Flor einen Geliebten in Paris hatte, sah sie nicht direkt an. Am Nachmittag fuhr Bonnie vom Gare St. Lazare ab, und Flor begleitete sie dorthin. Der Bahnhof war so belebt, dass sie sich zum Zug durchkämpfen mussten. Bonnie benahm sich, als wäre das alles Routine und stammte aus einem Artikel mit der Überschrift »Das Treiben der internationalen Schickeria« – die junge Mrs Robert Harris begleitet ihre Mutter zum Zug nach Deauville. Bonnie war wunderschön gekleidet. Sie trug ein Lächeln zur Schau und gab ihrer Tochter einen Damenkuss, bei dem sie in die Luft hauchte.

Flor sah dem Zug nach. Dann ging sie nach Hause, zog ihre Sachen aus und ein mit Schmetterlingen bedrucktes Nachthemd an. Sie hatte für die Putzfrau eine Nachricht hinterlassen, dass sie nicht kommen solle. Sie ging von Zimmer zu Zimmer und schloss sämtliche Fensterläden. Dann legte sie sich ins Bett.

Sie schlief ruhig und tief bis zum nächsten Morgen, als es an der Tür klingelte. Es war Doris Fischer. Ihre Haut glänzte und sah sonnenverbrannt aus, und sie sagte, sie habe sich beim Bad in der Seine einen Halsinfekt geholt. Sie war harte, sonnige Realität; das Gegenteil von Träumen. Sie saß an Flors Bett und redete in zusammenhanglosen Sätzen von Leuten in den Vereinigten Staaten, die Flor nie gesehen hatte. Mittags ging sie in die Küche und machte Suppe warm, die sie aus Tassen tranken. Dann ging sie fort. Flor blieb still liegen. Sie erinnerte sich an die Namen der Straßen, in denen sie gewohnt, und an Hotelzimmer, in denen sie übernachtet hatte. Auf den Ellbogen gestützt, nahm sie ihr Notizbuch vom Tisch neben dem Bett. Das war die Geste einer Kranken; die bleiche Hand umklammerte besorgt den magischen Gegenstand. Keine einzige leere Seite. Sie hatte sie alle für den Brief verbraucht. Ihr Blick fiel auf eine Seite, auf die sie Folgendes geschrieben hatte:

Die Hausmädchen tanzen in Tante Dottie Fairlies Küche.

Vater Doyle: Wenn du zu oft in den Spiegel siehst, wirst du den Teufel darin erblicken.

Großmamas Gärtner

B. H.: Das Einzige, was ich an Christus gut finde, ist, dass er das kleine Mädchen von den Toten erweckt und gesagt hat, man solle ihr zu essen geben.

Sie blätterte im Notizbuch. Keins dieser Fragmente verwies rückwärts oder vorwärts auf irgendetwas, viele beschworen überhaupt kein präzises Bild herauf. Es gab nichts hinzuzufügen, selbst wenn noch Platz gewesen wäre. Die wichtigste Entdeckung hatte sie an jenem Julinachmittag vor dem Café de la Paix gemacht, und die Worte »es ist schon immer so gewesen« erklärten alles. Sogar Dr. Linnetti hätte das eingestanden.

Flor konnte ohne ihre Schlaftabletten in Sichtweite nicht schlafen. Sie stellte die runde Schachtel auf das Notizbuch und schlief weiter. Am nächsten Tag kam Doris wieder. Sie saß an Flors Bett, weil Bonnie verreist und sonst niemand da war. Der Verkehr draußen klang gedämpft wie das Rascheln von Seidenpapier, das Zimmer war grün-dunkel.

»Wofür ist dieses Pillenzeug?«, fragte Doris.

»Gegen Schmerzen«, sagte Flor. »Meine Zähne tun weh. Das ist etwas, was nur in Frankreich passiert, und man nennt es *rage de dents*.«

»Ich habe gute, große Zähne, und ich habe noch keine einzige Plombe«, sagte Doris und zeigte ihr Gebiss. »Das kommt von der deutschen Seite. Ich bin halb irischer, halb deutscher Abstammung. Florence, warum stehst du nicht auf? Wenn du immer nur im Bett liegst und denkst, dass du krank bist, dann *wirst* du auch krank.«

»Ich weiß sehr gut, dass ich nicht krank bin«, sagte Flor.

Doris dachte, dass sie etwas vorhatte. »Du weißt natürlich«, sagte sie und fixierte Flor streng, »dass das eine Flucht vor dem Leben ist.«

Zum ersten Mal, seit Doris sie kannte, lachte Flor. Sie lachte, bis Doris gutmütig einfiel, wenn auch etwas ärgerlich, weil sie annahm, Flor hielte sie zum Narren.

»Mach dir keine Sorgen um mich«, sagte Flor, wie man es sich klarer nicht wünschen konnte. »Ich bin eine viktorianische Heldin.«

»Die Sache ist die«, sagte Doris, »dass du nie ein konkretes Problem bewältigen musstest. Wie ich. Wie ...« Und schon legte sie los und redete über alles, was sie bisher nur angedeutet hatte. Ihr Mann hatte sie verlassen, doch nur für den Sommer. Er wollte zu ihr zurückkommen, und sie wusste, dass sie ihn wieder aufnehmen würde, und damit sollte die Sache erledigt sein. Das war die Geschichte, doch Doris konnte sie nicht so stehenlassen. In ihr kämpften Erinnerungen und Regungen, die sie weder in Verbindung zueinanderbringen noch kontrollieren konnte. In dem Versuch, durch das Reden Ordnung in all das zu bringen, saß sie an Flors Bett und erzählte ihr von ihrem Leben in New York, das so ganz anders gewesen war. Namen tauchten auf: Beth und Howard, Peter und Jan, Bernie und Madge, Lina, die einfach genial war, und Wolff und Louis, die sie immer sonntags besuchten und die in einem Stall oder einer Garage oder etwas Ähnlichem wohnten. Sie waren wohlweislich links orientiert und kannten eine Reihe Jazzmusiker flüchtig. Unter ihren Freunden waren Chinesen, Javaner, Peruaner und Syrer. Sie hatten ein wundervolles Leben. Dann war in diesem Jahr im Ausland so viel passiert, und ihr Mann, der einen Dokumentarfilm fürs Fernsehen drehte, hatte eine Frau kennengelernt, die Ägyptisch an der Ecole du Louvre studierte. »Lach nicht«, sagte Doris unglücklich zu Flor, die überhaupt nicht lachte.

Warum passierten solche Sachen? Warum war Doris allein in Paris, die nie in ihrem Leben allein gewesen war? Warum waren sie nicht noch auf dem College oder noch in New York? Warum war sie fast dreißig und in einer fremden Stadt, und warum war alles so ein Chaos? »Erklär es mir«, forderte Doris.

Flor hatte darauf keine Antwort. Sie lag auf dem Bett, in ihrem mit Schmetterlingen bedruckten Nachthemd, und ihre Träume wurden von Doris' Klingeln an der Tür unterbrochen.

Doris okkupierte den Stuhl neben ihrem Bett, als hätte sie ein Recht darauf. Sie kam jeden Tag. Sie öffnete in der Küche Dosen mit Suppen, wusch aber nie den Topf oder die Tassen ab. Jedes Mal nahm sie sauberes Geschirr aus dem Schrank, und es war wie bei der verrückten Teeparty in »Alice im Wunderland«, obwohl es auch dort mit der Zeit unmöglich geworden sein musste, sich einen Weg durch die Küche zu bahnen. Das saubere Geschirr wäre schließlich auch einmal aufgebraucht, und dann müsste sie etwas unternehmen – nach Hause gehen oder ihrem Mann hinterherreisen, ob er sie nun bei sich haben wollte oder nicht – oder hierbleiben und das Geschirr abwaschen. Flor unterschied nicht deutlich zwischen Tagen und Nächten, aber sie wusste, dass Doris meistens am Nachmittag kam. Sie erzählte Flor, dass sie jeden Morgen ziemlich optimistisch aufwachte, doch dass der Nachmittag eine Wüste war, die sie nicht allein durchqueren konnte.

Dann ereignete sich eine Katastrophe: Flors Schlaftabletten waren verschwunden. Sie nahm das Bett auseinander und rollte den Teppich auf. Doris half ihr dabei, merkwürdig still. Es war ein Desaster, weil sie ohne die Tabletten neben sich nicht schlafen konnte. Ihr Verlangen nach Schlaf und Träumen nahm die Gestalt eines Bootes an. Jeden Tag legte es vom Ufer ab, musste aber immer wieder umkehren.

Sie hatte den Schlüssel unter die Fußmatte gelegt, so dass Doris hereinkommen konnte, nachdem sie mit einem Klingeln ihr Kommen angekündigt hatte. Eines Tages stand Flor früh auf und nahm den Schlüssel an sich. Sie hörte es klingeln, öffnete aber nicht. Es klingelte wieder, dann klopfte Doris auch noch, doch Flor lag still im Bett, die Augen geschlossen.

Einmal überraschte sie das gebieterische Klingeln in der Küche, wo sie sich zerstreut nach etwas Essbarem umsah. Überall standen leere Dosen, die Doris für sie geöffnet hatte, und schmutzige Tassen und eine angebrochene Schachtel Kekse. Sie fand Cornflakes und etwas saure Milch in einem Krug und ein klebriges Päckchen Datteln. In einem Vorratsschrank waren noch mehr Büchsen. Sie öffnete eine Dose mit Pilzen, aß die Pilze mit den Fingern und legte sich wieder hin. Die Szene hatte etwas von einem Raubzug. Es war Mittag, doch das Licht war angeschaltet, die Küche war durch die Fensterläden abgedunkelt, wie jeder andere Raum auch. Flors Suche nach Nahrung geschah heimlich und unsicher, weil die Küche nicht ihr Terrain war und sie sich selten hier aufhielt. Als Doris klingelte, blieb sie in ihrem Nachthemd wie erstarrt stehen, den Kopf zurückgeworfen, ihr Herz schlug heftig mit schmerzhaften, langsamen Schlägen. Einen Moment hatte sie die Befürchtung, Doris besäße einen magischen Schlüssel und käme herein, wann immer sie wollte. Sie spürte die Wärme und Schwere ihres dichten Haars. Ihr Nacken wurde feucht vor Angst.

Das Klingeln hörte auf. An diesem Nachmittag schlief und döste sie und hatte ihren ersten richtigen Traum, der vom Schweben, Segeln und Fortgehen handelte. Ein angenehmer, lichter und ein wenig erotischer Traum. Das Gesicht eines Russen erschien ihr, mit dem sie und ihre Mutter einmal in einem Hotel gesprochen hatten. Sie erinnerte sich, dass man sich bei einem Wirbelsturm bekreuzigte, um dem Satan zu trotzen. Voller Neugier und Verwunderung öffnete sie die Augen. Sie war jemandem gefolgt, der eine Reihe von Zimmern exorziert hatte. Sie hatte überhaupt keine Angst, doch sie war halb aus dem Bett gerutscht.

Das Haus war jetzt leer. Sie hörte, wie die Concierge die Treppe saubermachte. Tagsüber drang Licht durch die Fensterläden. Am glücklichsten war sie nachts, doch ihre Pläne wurden vom Verlust der Tabletten durchkreuzt. Einmal rief ihr Mann an, und sie antwortete und redete ganz vernünftig, obwohl sie sich später nicht erinnern konnte, was sie gesagt hatte. Sie kehrte in ihrem Zimmer das Unterste zuoberst, aber die Tabletten blieben verschwunden. Nun gut, die Tabletten tauchten vielleicht wieder auf. Es gab noch anderes zu tun: Schränke mussten geschlossen, Schubfächer aufgeräumt, Strümpfe verstaut werden. Sie wusste, sie würde nicht ruhig schlafen können, bevor nicht alles erledigt war, und der August ging dahin. Jeden Tag machte sie etwas Nützliches. Da waren Bonnies goldene Sandalen, die sie zur Reparatur bringen sollte; Bonnie hatte sie auf der Truhe im Flur stehenlassen, damit Flor sie sah, wenn sie die Wohnung verließ. Diese Sandalen gehörten nicht in den Flur. Der Zwang, einen geeigneten Platz für die kaputten Sandalen zu finden, trieb sie eines Nachmittags aus dem Bett. Sie trug die Sandalen durch die ganze Wohnung, von einem abgedunkelten Raum in den nächsten. Von der Straße drang kein Laut herein. Im Schlafzimmer ihrer Mutter vergaß sie, warum sie hierhergekommen war. Sie ließ die Sandalen auf einen Stuhl fallen; so fand Bonnie sie später, die eine auf dem Stuhl, die andere auf dem Fußboden, und daneben, ein paar Zentimeter weiter, ein abgerissenes Riemchen wie ein abgebrochener Zweig.

Einmal hatte sie Dr. Linnetti erzählt, dass ihr Mann der

Liebhaber ihrer Mutter sei. Mit ruhiger Stimme hatte sie geschildert, wie sie dahintergekommen war: Er kam sehr spät nach Hause, und statt in sein eigenes Zimmer zu gehen, ging er zu Bonnie. Sie wusste, dass er es war, denn sie kannte seinen Schritt, und die Worte, die dieser Mann gebrauchte, waren seine Worte. Sie hörte die Mutter flüstern und lachen. »Dann«, sagte Flor, »versuchte er, zu mir zu kommen, doch ich wollte es nicht. Nein, nie wieder.« Einen Monat später sagte sie: »Das stimmt nicht, was ich über Bob und meine Mutter gesagt habe.«

»Ich weiß«, sagte Dr. Linnetti.

»Wieso wissen Sie das?«, fragte Flor zitternd in Bonnies Zimmer. »Wieso wissen Sie das?«

Sie betrachtete sich in einem großen Spiegel; in ihrem langen, losen, mit Schmetterlingen bedruckten Nachthemd sah sie aus wie ein zartrosa Model in einer Modezeitschrift, nett, süß, eine Porzellanfigur, die suggeriert, dass es genügt, begehrenswert zu sein – dass der Traum von der Liebe der wirklichen Liebe vorzuziehen ist.

»Du könntest dir eigentlich das Haar schneiden lassen«, sagte Bonnie.

»Ja«, sagte Flor. »Das würde dir gefallen, wie?«

Bonnies Fenster waren geschlossen, und die mit austernfarbener Seide eingefassten Vorhänge waren zugezogen. Doch immer noch drang Licht ins Zimmer, milchiges Augustlicht, in dem Flor, die Träumerin, wie ein Samen schwebte. Bonnie hatte sich nicht zur Gänze nach Deauville verabschiedet, ihr Parfüm hing im Raum – der Katzenfell-spanisches-Dienstmädchen-Duft, den sie sich in teuren Flakons kaufte. Flor entfernte sich aus dem Blickfeld des Spiegels und konnte nicht länger beobachtet werden. Sie öffnete einen mottensicheren Wandschrank und schaute die Kleider an, ohne sie zu berühren. Sie betrachtete eine Blechbüchse mit Pralinen aus Holland. Planlos suchte sie nach ihren Tabletten. Sie vergaß, was sie hier wollte, und ging wieder ins Bett.

Sie wusste, dass die Zeit verstrich und die Stadt sich leerte, und immer noch hatte sie die ersehnten Träume nicht erreicht. Eines Tages öffnete sie die Fensterläden ihres Schlafzimmers, und der Sommernachmittag fiel auf ihr weißes Gesicht und ihr zerzaustes Haar. Das Ende des Sommers war spürbar; er hatte seinen Höhepunkt erreicht und konnte nur noch dahinschwinden. Wehmut erfüllte den Raum – ob der Vergangenheit, dem Vergehen eines Tages, eines Schattens hinter einer Jalousie. Furcht vor dem Herbst lag in der Luft. Es war weniger eine zu Ende gehende als vielmehr eine bereits aufgebrauchte Jahreszeit, wie eine zu Tode diskutierte Liebe oder ein zu lange unterdrücktes Begehren. Eine Anhäufung von Schatten und vergehenden Jahreszeiten brachten eine Szene aus der Vergangenheit zurück: tanzende Hausmädchen in Tante Dotties Küche? Sie hielt die Fensterläden mit beiden Händen weit auseinander, erstarrt, als riefe sie um Hilfe. Niemand kam, und sie zog ihre dünnen Arme herein und schloss die Läden.

Sie wurde von der Concierge gestört, die Briefe brachte und fragte: »Geht es Ihnen immer noch nicht besser?« Die Briefe ihres Mannes ließ sie ungeöffnet, weil sie wusste, dass er ihr nichts zu sagen hatte. Sie öffnete sämtliche Briefe von Dr. Linnetti, die an sie selbst adressierten und auch die an ihre Mutter und ihren Mann gerichteten. Sie hatte schon vor Langem den ersten Brief an Bob abgefangen und vernichtet: »Ihre Feindseligkeit mir gegenüber war zu erwarten gewesen ...« (Oh, sie hatte keinen Stolz!), »doch sie braucht Hilfe.« Sie nannte den Namen eines anderen Arztes, eines männlichen Kollegen.

Flor hatte keine Zeit für Ärzte. Sie musste ein Kleid fertig nähen. Munter und emsig begann sie, aus zwei Kleidern eins zu machen, indem sie das Oberteil des einen an den Rock des anderen nähte. Zwei Tage lang nähte sie an diesem Kleid, und am dritten Tag nahm sie es auseinander. Sie trennte es Stich für Stich wieder auf und ließ die Teile auf dem Fußboden liegen. Sie war ziemlich glücklich, summte Lieder, die ihr in den Sinn kamen. Sie schlenderte in Bonnies Zimmer. Der mottensichere Wandschrank stand offen, so wie sie ihn verlassen hatte. Sie holte ein schweres Brokat-Cocktailkleid heraus und begann die Säume mit Bonnies Nagelschere aufzutrennen. Eine Schneewehe von Fäden häufte sich auf dem Parkett. Der Teppich war weggeschafft worden. Als sie ins Bett zurückkehrte, konnte sie schlafen, doch sie schlief unruhig. Ohne Träume. Seit Tagen hatte sie nicht mehr in ihr Notizbuch geschaut. Die Pflanzen starben ohne Wasser, und in der Küche brannte Tag und Nacht Licht. Zum ersten Mal in ihrer Erinnerung hatte sie Angst vor der Dunkelheit. Wenn sie in der Nacht aufwachte, befand sie sich in einer strudelnden Welt der Finsternis, und sie hatte Angst. Dann fiel ihr ein, dass Bonnie das Rezept für die Schlaftabletten genommen hatte, und sie fand es mühelos in der untersten Schublade des Schmuckkästchens.

Sie zog sich an und ging die Treppe hinunter, zitternd wie eine Schwerkranke hielt sie sich am Geländer fest. Die Concierge drückte ihr Briefe in die Hand und sagte etwas, das Flor nicht hörte. Sie ging in die leere Stadt hinaus. Das Wohnviertel lag völlig verlassen, und im Park war kein Mensch. Am Sitz ihres Kleides erkannte sie, dass sie etliche Pfunde verloren hatte. Es war der letzte Sonntag im August, und jede Apotheke, die sie aufsuchte, war geschlossen. Die Luft war schwer und still, die Farbe des Himmels ohne eine Schattierung. Es hätte neun Uhr morgens oder vier Uhr nachmittags sein können. Die Stadt war untergegangen, und alle ihre Bewohner waren gestorben oder geflohen; das hatte sie an einem Julitag beim Überqueren des Pont Neuf erkannt. Das war mehr als Einbildung, das war die Wirklichkeit. Die Zerstörung war nicht komplett. In den Straßen fehlten noch die Risse, in denen Rittersporn, Eidechsen, Mohnblumen, Efeu und nistende Vögel auftauchen würden. Hoch oben in einem Fenster leuchtete eine rote Geranie, der einzige Farbtupfer in der grauen Straße. Sie blühte einsam auf ihrem Sims, wie Mohnblumen und Himmelschlüssel, deren Samen vom Wind und von Vögeln auf den höchsten Punkt einer Ruine getragen werden.

Da waren keine Autos. Sie konnte jede Straße überqueren. Bedroht fühlte sie sich lediglich von einem der Briefe, den ihr die Concierge in die Hand gedrückt hatte. Sie erreichte ein Café voller Menschen, die dicht beieinander in der stillen Straße saßen. Sie setzte sich und öffnete den Brief. Er war fast unmöglich zu lesen, doch ein Satz stach ihr ins Auge: »Ich schreibe an Dr. Linnetti und sage ihr, dass ich es, gelinde gesagt, für *unprofessionell* halte.« Sie las eine Seite von Anfang bis Ende. »Ich möchte, dass dieser Mann dich untersucht. Es ist etwas völlig Neues. Alles, was wir für eine Sache des Geistes halten, geht von irgendeinem bestimmten Körperteil aus, und es handelt sich nur darum, wie man diese verschiedenen Teile unter Kontrolle bekommt. Du bist immer so willensstark gewesen, mein Schatz, da sollte es doch nicht so schwer für dich sein. Es ist *nicht* der Schweizer, *nicht* der Russe, sondern jemand ganz Neues, und der Mann hat Tausenden geholfen. Als er den Raum betrat, Schatz, sind wir alle aufgestanden, wie von einer unsichtbaren Kraft gezogen, und obwohl er sehr wenig sagte, hatte jedes Wort Gewicht. Er ist sehr attraktiv, Liebling, aber natürlich steht er über und außerhalb von solchen Dingen. Ich fragte ihn, was er von der Schachtel hielte, und er sagte, das sei alles Unsinn, du siehst also, Liebling, dass er kein Betrüger ist. Als ich das mit der Schachtel erklärte, wie man einen Blutstropfen auf ein Stück Löschpapier gibt und die Schachtel dann die Diagnose liefert, war er völlig entsetzt, also, Liebes, er ist keinesfalls ein Hochstapler. Ich weiß noch, wie wütend du warst, als die Schachtel mein Leberleiden diagnostizierte (das alle Ärzte für Herzbeschwerden hielten), deshalb muss es für dich eine Genugtuung sein, dass er auch nicht daran glaubt. Schatz, er hörte sehr interessiert zu, als ich ihm von dir erzählte. Ich werde Dr. Linnetti fragen, warum du bezahlen musst, auch wenn du verreist bist, und warum du im August Sitzungen hast. Er kommt nach Paris, und ihr müsst euch unbedingt treffen. Er hat keine festen Sätze oder feste Sprechstunden, man kommt, wenn man ihn braucht, und man spendet seiner Stiftung, was man erübrigen kann.«

Ein Laut drang in ihr Bewusstsein, wie ein Laut in einen Traum eindringt. Florence blickte von Bonnies Brief auf und sah, dass dieser Laut real war. An einem der Tische tat ein lachendes Paar so, als wollte es ein Kind einem Polizisten übergeben. Der Polizist spielte seine Rolle gut, er schwang sein Cape und machte ein grimmiges Gesicht. »Sie ist sehr ungezogen«, sagte die Mutter, als sie schließlich mit dem Lachen aufhörte, um reden zu können, »und ich glaube, Gefängnis wäre die beste Lösung.« Alle Leute im Café lachten, nur Flor nicht. Sie rissen alle auf die gleiche Weise die Münder auf und hefteten ihre Blicke auf den Polizisten und das Kind. Das Kind schrie laut, dass es jetzt artig sein wolle, doch alle waren zu erregt, um darauf zu achten. Das Kind gab noch mal das Versprechen und wurde plötzlich weiß und steif im Griff des Polizisten. Er gab das Mädchen seinen Eltern zurück, die es auf einen Stuhl setzten. »Sie wird jetzt artig sein«, sagte der Polizist.

Das verschlossene Gesicht von Paris entspannte sich. Das war Paris – das war Frankreich. Ach, es war nicht nur Frankreich. Der Gärtner ihrer Großmutter hatte Goldfinken den Hals umgedreht. »Wenn du es erzählst, wird dich der Blitz erschlagen«, hatte er gesagt.

»Wegen solcher Sachen«, sagte Florence ernst, während sie ihre Schritte heimwärts lenkte, »habe ich keine Angst vor Bomben.«

Sie schloss die leere Wohnung auf, und das, was sie erkannte und brauchte, was ihr bis jetzt jedoch immer ausgewichen war, stürzte auf sie zu. Sie wusste, dass es noch August war, sie noch allein war und noch Zeit hatte. »Ich brauche nur ausgiebigen Schlaf«, sagte sie ins Leere. Bobs ungeöffnete Briefe legte sie auf die Truhe im Flur. Ihr Fuß stieß etwas vor sich her, und das war ein von Schuhabdrücken gezeichneter, zusammengefalteter Brief, den jemand unter der Tür durchgeschoben hatte. Man war über ihn hinweggelaufen, er war schmutzig und mit dem Staub der Stadt bedeckt. Sie trug diesen Brief – drei zusammengefaltete Seiten – in der Wohnung herum. Sie schloss alle Türen außer der Küchen- und ihrer Schlafzimmertür. Der Gang war ein Trichter. Ihr Schlaf war eine immer länger währende Reise weg vom Ufer gewesen. Sie legte sich aufs Bett und vergaß nicht, die Schuhe auszuziehen. Der Brief sprach in spitzer Handschrift zu ihr. Sie hatte keine Ahnung, von wem er kam.

»Ich habe dumme Ideen«, sagte diese spitze Handschrift, »und Du hast recht, wenn Du nichts mit mir zu tun haben willst. Du bist so schön und klug.«

So kriecherisch ging es Zeile um Zeile weiter. Wer hatte diesen Brief geschrieben? Ihr Mann liebte sie, war aber mit einer anderen durchgebrannt. »Das Mädchen weiß, dass ich es weiß, und es geht nicht, wir sind alle unglücklich, er hat seine Arbeit, und ich kann mir nicht einfach ein eigenes Leben aufbauen, wie er vorschlägt. Ich habe gedacht, dass Du mir vielleicht hilfst, doch warum solltest Du? Du hast recht, dass Du niemanden willst, der Dir am Rockzipfel hängt.

Das Wichtige ist, dass ich eine Entscheidung getroffen habe, weil ich etwas begriffen habe, nachdem Du mich ausgesperrt hast, nötig ist eine Lösung und nicht, dass ich still vor mich hin leide oder mich jemandem aufdränge. An dem Tag bin ich auf die Straße gegangen und wollte sterben, weil

Du mich ausgesperrt hattest, und da merkte ich, dass es eine Lösung für mich gab, und die Lösung war ein Entschluss, und deshalb fahre ich jetzt nach Hause. Ich fahre nicht *weg,* sondern *nach Hause.* Er kann nachkommen oder bleiben, er kann machen, was er will, aber ich habe einen Entschluss gefasst, und ich habe meinem Vater telegrafiert, und er schickt das Geld, und ich fahre nach Hause. Ich fahre am sechzehnten ab, und ich werde jeden Abend auf Dich warten, komm runter, wenn Du Dich von mir verabschieden willst. Ich werde Dich nicht wieder belästigen. Ich will Dir nur sagen, ich habe Deine Schlaftabletten versteckt, und jetzt weiß ich, dass ich kein Recht dazu hatte, weil jeder Mensch für sich entscheiden muss. Ich weiß, dass es dumm von mir war, weil Du jung und schön bist und alles hast, wofür es zu leben lohnt, und Du das nicht tun würdest, was ich befürchtet habe. Ich kann das Wort nicht einmal schreiben. Vielleicht hast Du diese Tabletten gebraucht, und es tut mir leid. Sie sind in der Küche, in der weißen Blechbüchse, auf der »Rezepte« steht.

Sei nicht böse, weil ich mich eingemischt habe, und bitte, Florence, komm und sag mir auf Wiedersehen. Und noch etwas, Florence, jeder lässt einen anderen für etwas büßen, ich weiß nicht, warum. Wenn Du so schrecklich zu Deiner Mutter bist, wie sie behauptet, lässt Du sie büßen, aber Florence, dann könnte Deine Mutter kommen und sagen: ›Ja, aber schau Dir meine Eltern an.‹ Und die hätten dasselbe tun und sagen können, Du siehst also, wie sinnlos solche Schuldzuweisungen sind. Ich glaube, mein Mann lässt mich büßen, aber ich weiß nicht, wofür oder warum. Jeder tut es. Wir alle büßen und büßen für die Leiden anderer. Alle Kinder lassen irgendwann ihre Eltern büßen und büßen und büßen. So sehe ich das jetzt, obwohl ich vielleicht einmal anders darüber denken werde, wenn ich selbst Kinder habe. Florence, komm doch ein einziges Mal und sag mir auf Wiedersehen.«

*

SIE HATTE KEINE ZEIT und keine Lust, ihr zu sagen: Sie haben alle schon gebüßt. Am Saum des Meeres verließ sie der Fuchs. Sie sah den Kopf des Tieres die Wellen durchbrechen und die fächerförmigen Kräuselwellen zum Ufer hin kleiner werden. Sie machte kehrt und ließ das Meer hinter sich. Endlich ging sie in die richtige Richtung. Sie ritt auf Chief, ihrem Pony, zwischen den Bäumen einer Allee. Chief war ein Teufel; er wagte nicht zu scheuen oder sich aufzubäumen, doch er versuchte manchmal, ihr Bein gegen einen Baum zu pressen. In der Nähe stand jemand und lächelte. Sie hielt sich kerzengerade. Sie war hervorragend. Alle lächelten jetzt. Alle waren begeistert. Triumphierend kam sie aus dem Wäldchen und glitt vom Rücken Chiefs, ihres Ponys, und in die Arme ihres Vaters.

III

TRÄUME VOM CHAOS waren Wisharts Lebenselixier, er war stolz auf ihre Vielseitigkeit und auf sein Geschick, unbeschadet aus Todesgefahr herauszukommen. Die kleinste Veränderung der Geschwindigkeit rief einen Alptraum hervor, so dass es ihn nicht überraschte, als er wenige Augenblicke vor der Ankunft des Zuges in Cannes in seinem Abteil einschlief und einen Traum hatte, der Stunden dauerte, einen Traum von einer vor dem Hafen sinkenden Fähre. Unzählige steife Opfer schossen elegant aus den Wellen, und das Wasser strömte ihnen von der Haut und aus dem Haar. Es gab einige wenige Überlebende, doch weder sie noch die herbeigeeilten Beamten wussten, was sie als Nächstes tun sollten. Sie liefen bleich und unsicher auf dem felsigen Ufer durcheinander. Sogar die Opfer wirkten eher betrunken als tot. Aus diesem jämmerlichen Durcheinander kam Wishart herausgeschritten, angemessen bekleidet mit Badehose. Er schüttelte ernst, doch ohne Mitleid den Kopf, stieg aus dem Wasser und ging weg. Wie gewöhnlich hatte er das Unglück vorhergesehen, doch davor zu warnen versäumt. Sein schlafender Geist entwickelte Erklärungen: »Ich mische mich nie ein. Sie hätten mich fragen müssen. Sie wussten, dass ich da war.« Sein Triumph war nur ein moralischer. Körperliche Eitelkeit kannte er nicht. Distanziert registrierte er die an ihm schlotternden Badehosen, die dürren Beine, die weißen, fleckigen Hände, den dünnen, allmählich grau werdenden Haarkranz. Nichts davon beschämte ihn. Um seinen Körper hatte er sich nie viel Gedanken gemacht.

Ihm gefiel der Traum. Niemand war mit einem Unterbewusstsein ausgestattet, das dem Wisharts gleichkam, unermüdlich kreativ, mühelos jede beliebige Anzahl kleiner Schaustücke in hervorragendem Geschmack produzierend. Dieser Traum hätte ein Ballett sein können, entschied er, oder, noch besser, wegen der Schwarzweißkontraste und des starren Lichts, ein experimenteller Film, der schlicht und kryptisch »Wisharts Traum« heißen sollte. Er konnte diesen Namen ohne Prahlerei benutzen, denn es war nicht sein eigener. Das heißt, es war nicht der Name, der ihm vor etwa vierzig Jahren acht- und sorglos angeheftet worden war; »Wishart« war gewählt, wie alle Mosaiksteine dieses ausgedachten Lebens. Sogar sein Aussehen war entworfen, und wenn er, an schlechten Tagen, am ehesten einem gescheiterten Schauspieler glich, der von Träumen gequält wird, bekannte er sich dazu und schob es auf künstlerische Ermattung. Er hielt sich nicht für eine in irgendeinem Sinne gescheiterte Existenz. Erfolg kann nur an der zurückgelegten Strecke gemessen werden, und in Wisharts Fall war es eine lange Flucht gewesen. Kein Wunder, dass er erschöpft wirkte, dachte er immer, wenn er sein erschlafftes Gesicht im Spiegel sah. Er hatte eine der härtesten Rollen in der Gesellschaft durchlebt, die Flucht aus einem englischen Slum. Er war der unbeugsame Junge mit einer Vision gewesen – dieses überstrapazierte literarische Muster. »Rackern und ackern« hätte ihm auf der Stirn geschrieben stehen sollen und in Sprechblasen über seinem Kopf: »ein Talent für Akzente« und »genial im Abschütteln der Vergangenheit«. Er hatte natürlich noch andere Eigenschaften, doch es war nicht nötig, das Bild zu überladen.

Wisharts Lebensweg war in keiner Weise unüblich, aber er hatte ihn besser als jeder andere bewältigt. Die meisten Rackerer und Ackerer nehmen die vererbte Struktur mit sich und flicken und tarnen, so gut sie können, doch Wishart hatte die seine eliminiert. Er hatte sich selbst einen Namen, Eltern und einen sozialen Status gewählt. Nun, mit zweiundvierzig, galt er in Amerika, wo er lebte, als englischer Gentleman, und wenn er England besuchte, als grundanständiger Amerikaner. Was seine Angelegenheiten betraf, verstand er wenig Spaß, wie auch ein Zeichner von lustigen Postkarten sich nicht über seine Kunst amüsieren kann, doch betrachtete er es manchmal als Ironie des Schicksals, dass sich seine Marotten und Schrullen aus einer erfundenen Vergangenheit entwickelt hatten. Da er sich einen hochgewachsenen Gutsherren mit einer Vorliebe für Pferde und Hunde als Vater ausgesucht hatte, war Wisharts Abscheu und Angst vor diesen Tieren anfangs nur simuliert und erst später wirklich empfunden. Der Phantomvater war ein Weinbrandsäufer – Wishart rührte keinen Tropfen an. Ja, der Gutsherr, wie er von seinem Phantomsohn erschaffen worden war, war ohne Zweifel *bien élevé,* doch ein ziemlich brutaler Mensch; er war nicht sehr freundlich mit Wishart, dem melancholischen, spindeldürren Knaben, umgegangen. Wishart bedauerte oft, dass er den mächtigen Papa nicht übertreffen konnte, nämlich in Sachen Männlichkeit; verstandesmäßig hatte er ihn schon längst überholt. Das äußerte er seinen Freunden gegenüber. Die Freunde, einen klaren Fall vor sich sehend, drängten ihn, aus dem Schatten des Vaters zu treten, und Wishart versprach, es zu versuchen. Eine Weile tat er dann so, als hätte es den Gutsherren in seinen großen Stiefeln wirklich gegeben, als hätte ein verträumter Wishart im Dachstübchen Keats gelesen. Das war ganz bestimmt ein Scherz oder hätte einer sein können, wenn er ihn mit jemandem hätte teilen können. Doch Wishart hatte keine Zeugen. Die einzige Person aus der realen Vergangenheit, an die er sich nicht mit Abscheu erinnerte, war eine Schwester, Glad, mit elf Jahren schon Dienstmädchen, die ihm beigebracht hatte, mit Messer und Gabel zu essen. Der Scherz war wasserdicht, Wishart war sicher. Er hatte den unschuldigen Glauben, die von ihm abgetrennte Vergangenheit könne kein eigenes Leben führen.

Anfangs, in früheren Tagen, als er noch nicht klug genug gewesen war, sich für den Gutsherren zu entscheiden, und Andeutungen auf eine noch vornehmere Herkunft gemacht hatte, war er oft von plötzlichen Ängsten heimgesucht worden, als ob eine unsichtbare und gefährliche Elementarkraft unter seinen Füßen brodelte, und er spürte, wie seine Schuhsohlen warm wurden, so dünn, so durchlässig war die Kruste auf seiner ärmlichen Welt. Heutzutage bewegte er sich in einer Atmosphäre des eitlen Wohlwollens und der vorgetäuschten Erfolge. Er schien unverletzbar. Fremde, die ihm zum ersten Mal begegneten, glaubten oft, er sei berühmt, und wunderten sich, dass sie noch nie von ihm gehört hatten. Es gab keinen vernünftigen Grund, weshalb das der Fall gewesen sein sollte; er war Lehrer für Theaterkunde an einer Schule, die aufs Studium vorbereitete, und wenn das erst einmal heraus war und die Schäbigkeit der Schule registriert worden war, musste Wishart all seine hypnotische Begabung aufbieten, seine besten Überredungskünste, um die Wirkung seiner Person aufrecht zu erhalten. Als Lehrer war er kaum geeignet, und wäre er Amerikaner gewesen, hätte ihn seine amerikanische Schule nie behalten. Seine britische Persönlichkeit – zynisch und trocken – ersetzte die Befähigung oder sogar den Ehrgeiz. Im Stillen hielt er sich zu gut für eine Welt der Männer und Knaben, und er hatte sich nie bemüht, ihnen den vollen Glanz seiner Wishart-Schöpfung darzubieten; das hob er für die Damenwelt auf. Wie viele boshafte, aufgeblasene, pingelige Männer oder wie ein gewisser Typ von Mörder suchte er seine Freundinnen immer unter alleinstehenden Frauen im mittleren Alter aus. Diese Frauen waren verwitwet oder geschieden und lebten an Orten, die Wishart gern besuchte.

Jedes Jahr machte sich dann ein strahlender, das Arbeitsleben hinter sich lassender Wishart nach Europa auf, wo er den Sommer verbrachte und sich hier und dort niederließ, abhängig von der Topographie seiner Einladungen. Er lebte auf Kosten seiner Gastgeberinnen, ohne sich zu schämen. Er wurde gebraucht und gemocht; Einladungen trafen schon ab Weihnachten ein. Er wusste, dass Frauen, die peinlich darauf bedacht sind, ja nicht das letzte bisschen Seife, eine zerrissene Briefmarke oder eine unbenutzte Rückfahrkarte zu verschwenden, ohne Murren für die Gesellschaft eines Mannes zahlen. Wishart war kein bezahlter Begleiter – einer, der Mäntel trug, Aspirin besorgte, Dackel ausführte. Er hielt es für ausreichend, da zu sein, Klatsch zu liefern und ein offenes Ohr zu bieten. Oft waren Wisharts Freundinnen von seiner Homosexualität überzeugt, was ihm nur recht war. Er war der auserwählte Minnesänger, das symbolische männliche Wesen, einer, der nie »Ärger« machen würde. Er wusste das – ein bitterer Gedanke. Aber es war ihm nie gelungen, das zu korrigieren. Er war viel zu sehr damit beschäftigt, seine Persönlichkeit zu stabilisieren, damit sie nicht einmal in seinen Träumen ausglitt oder zusammenbrach. Nie hatte er Zeit gefunden für eine so ermüdende Tätigkeit wie den Beweis seiner Männlichkeit, denn das hätte nicht nur sein Streben in andere Bahnen lenken, sondern auch wirklich ein ganzes Leben in Anspruch nehmen können. Er hatte, was er wollte, und das war genug – eine Flotte von Öltankern hatte er nie gewollt. Es genügte ihm, da und dort akzeptiert zu werden. Sein Leben wäre vielleicht leichter gewesen, wenn er sich nicht verpflichtet gefühlt hätte, etwas Besonderes auf zwei Kontinenten zu sein; doch jetzt war er gezwungen, alljährlich nach England zurückzukehren und akzeptiert zu werden. Man billigte ihn als Amerikaner, doch das war Teil des verborgenen Witzes. Manchmal riskierte er etwas, wie etwa die Aussage »in meiner Kindheit waren wir furchtbar arm«, doch er wusste, dass er noch nicht den rechten Ton gefunden hatte. Die erfolgreichsten Schwindeleien beruhen auf Wahrheit, doch – wie arm ist arm, und wie nahe sollte er dieser brisanten Tatsache kommen? (Besonders in England, wo die ganze Konstruktion wegen eines Vokals – falsch ausgesprochen – einstürzen konnte.) Das waren die Versuchungen, die den armen Wishart plagten und ihn manchmal wie einen gescheiterten Schauspieler aussehen ließen, der einen schlechten Traum gehabt hat.

Er stieg aus dem Zug, hielt seinen kunstvoll ramponierten Koffer fest und sah im Schatten des Bahnhofs Mrs Bonnie

McCarthy, seine beste amerikanische Freundin. Sie war seine Anlaufstelle in Südfrankreich, eine erfrischende Station zwischen der näselnden Bildhauerin in London, der ersten Gastgeberin der Saison, und einer Mrs Sebastian in Venedig. Es wäre für Wishart reizvoll gewesen, wenn er in diesem Augenblick einen Beobachter aus der Vergangenheit hätte herbeirufen können, der ihm bestätigt hätte, wie weit er es gebracht hatte. Mal angenommen, eine der von Menschen bevölkerten Wellen seines Traums hätte Schwester Glad an den Strand geworfen? Er sah sie in Häubchen und Schürze vor sich, ein mürrisches kleines Mädchen als Zeugin, wie er von dieser Frau begrüßt wurde, die nicht einmal in ihre Richtung gespuckt hätte, wenn sie den Geschwistern damals begegnet wäre. Bei diesem Gedanken fühlte er eine schwache Erschütterung wie den Ausläufer eines Erdbebens. Doch er wusste, er hatte nichts zu befürchten und musste sich nur vor seinen eigenen Fehlern hüten. Die Erinnerung an Glad war ein solcher Fehler gewesen.

»Wishart«, sagte seine Freundin würdevoll, ohne ihre Pose aufzugeben. Auf einen geschlossenen pfirsichfarbenen Schirm gestützt, erweckte sie den Anschein, eine Minute der Ruhe inmitten einer aufreibenden gesellschaftlichen Existenz zu erleben. Sie richtete ihre sanften, kurzsichtigen Augen, die in ihrer Jugend bewundert worden waren, auf ihn. Ihr Haar war nach der diesjährigen Mode wie eine umgekehrte Pfingstrose frisiert, und sie schien Wishart wunderschön gekleidet. Sie hätte auch auf jemand Besseren als Wishart warten können, irgendein elegantes Paradies, das er sich nicht vorstellen, geschweige denn erlangen konnte. Seine Bewunderung für sie (für ihren Charme und Reichtum, für ihre Ansprüche) ging leicht über in Bewunderung seiner selbst – immerhin hatte er diese Freundin gewonnen. Vor Selbstbeweihräucherung den Tränen nah, vergaß er fast, wie oft er und Bonnie in der Vergangenheit gestritten hatten. Ihr freundschaftlicher Kuss vor dem Bahnhof war echt.

»Hast du mein Telegramm bekommen?«, fragte er, mit den nervösen Bemerkungen anfangend, die allen seinen Reisen vorausgingen und folgten. Er hatte seine Ankunft mit einer Botschaft vorbereitet: »Sehr deprimiert – London wie altes Löschpapier – sehne mich nach Meer, Sonne, Dir.« Dieses Telegramm hatte er mit Baronne Putbus unterzeichnet. (Eine Adresse war nicht dabei, so dass Bonnie nicht in der Lage war, eine unwiderstehliche Antwort zurückzusenden, unterzeichnet mit Lysistrata.)

»Ich bin gestorben«, sagte Bonnie mit ernstem, klarem Blick. »Ich bin einfach zugrunde gegangen.« Nach der näselnden Bildhauerin und ihren gebildeten Vokalen klang ihm Bonnies leicht gedehntes Sprechen angenehm im Ohr. Sie schaute ihn immer noch fröhlich an, ohne sich zu bewegen, und angesichts so viel heiterer Erwartung begann er sich plötzlich ungemütlich zu fühlen. Mit einem Mal dachte er: Großer Gott, hat sie sich verliebt? Und fügte kleingedruckt hinzu: in mich? Unfälle dieser Art waren in der Vergangenheit passiert. Weil Wisharts Persönlichkeit ein von ihm diskret benutztes Instrument war, wurde er, wenn er unsicher war oder einfach abschaltete, gewissermaßen zum Spiegel. In diesem Spiegel sah Bonnie McCarthy, dass sie noch hübsch und elegant war. Der liebe, gute Wishart! Er spiegelte auch ihre eigene

Erwartung. Jeder dachte, der andere habe eine wunderbare Neuigkeit erhalten. Wishart war nicht neidisch; er wusste, dass sich das Glück von anderen in der Tat sehr angenehm auswirken kann, und er wartete darauf, dass Bonnie ihre frohe Botschaft verkündete. Vielleicht hatte sie eine Villa gemietet, und er musste nicht im Hotel wohnen. Das wäre nett.

»Das Hotel ist nicht weit«, sagte Bonnie, sich schließlich in Bewegung setzend. »Möchtest du ein wenig laufen, Wishart? Es ist ein wunderschöner Tag.«

Also keine Villa, und wenn das Hotel in der Nähe war, lohnte es sich nicht, einen Gepäckträger zu bezahlen. Mit dem Koffer in der Hand, folgte er ihr durch den Bahnhof in die plötzliche Hitze des mediterranen Tages. Später würde er diese Straßen und diese durcheinanderwirbelnde, schwitzende, sonnenverbrannte Menschenmenge hassen; er würde mit der Hand über der Nase an Cafés vorübereilen, die nach saurer Milch rochen. Doch jetzt, auf den ersten Blick, sah Cannes so aus, wie es sich angehört hatte, als er das Wort in London ausgesprochen hatte – eine Komposition in klaren Kreidetönen, blau, gelb, weiß. Alles war intensiv schattig oder intensiv hell – hart und gelb auf den Straßen oder dunkel wie Samt in den Bars. Bonnie schien ihn irgendwohin zu führen. Er nahm an, dass es mit der Überraschung zu tun hatte.

»Ich hoffe, du bist nicht böse, weil Florence nicht hier ist«, sagte Bonnie. »Sie wollte dich unbedingt vom Zug abholen, doch das arme Kind hat etwas ins Auge bekommen. Ein Sandkörnchen. Sie musste zu einem Augenarzt gehen, um es entfernen zu lassen. Ihr Anblick wird dir jetzt Freude machen, Wishart. Sie bekommt allmählich Stil, weißt du? Alle schenken ihr Beachtung. Irgendjemand – ein völlig Fremder – sagte am Strand zu mir: ›Ihre Tochter ist wie eine Tanagrafigur.‹«

»Von der es so viele Fälschungen gibt.«

Wie viele Leute, die zu sehr mit sich selbst beschäftigt sind, glaubte Wishart manchmal, dass man ihn nicht hören könne. Von der Intelligenz seiner Freundin hielt er nicht allzu viel, und vielleicht hatte er geglaubt, dass eine leichte Beschränktheit auch auf ihr Hörvermögen zutraf. Es war gefühllos von ihr, Flor zu erwähnen, wo Wishart sich gerade so wohl fühlte. Von Anfang an war ihre Freundschaft beeinträchtigt worden durch die Existenz von Bonnies Tochter, eines verzogenen, launischen Mädchens, das er vergeblich zu bewundern versucht hatte. Er erinnerte sich an sie – eine, die sich aufplusterte und den Kopf zurückwarf – dieser lange karottenrote Pferdeschwanz! Es gab eine kränkende Erinnerung an sie: Das Mädchen posierte an einem Strand und zog jedes Mal, wenn Wishart den Mund aufmachte, ein Gesicht, als hätte sie in eine Zitrone gebissen. Ihre Art zu sprechen war sprunghaft und gereizt, und sie hatte eine abscheuliche amerikanische Stimme. Wishart war ein unterhaltsamer Imitator, und um einer Geschichte willen hätte er jede Persönlichkeit außer seiner eigenen geopfert. Von Wishart neu erschaffen, hörte sich Bonnie an wie Zasu Pitts. »Und erst die Tochter«, pflegte er zu sagen. »Wenn sie diese tadellosen Lippen öffnet, um zu sprechen. Oh!« Er schloss die Augen in schmerzlicher Erinnerung. »Aber sie ist ja so schön. Warum sollte Aphrodite etwas äußern?« Es war einer seiner wenigen Fehler, wenn er sich so aufführte. Er bewegte sich nicht auf sicherem Boden, hatte alles aus zweiter Hand. Selbst als Pose war es nicht mehr aktuell.

»Buchstäblich Millionen von Männern sind hinter Flor her«, sagte Bonnie. »So etwas habe ich noch nicht erlebt. Jedes Mal, wenn wir an den Strand oder ins Casino gehen …«

Gelangweilt registrierte er, dass das Gesprächsthema Venus-Flor hieß, und es erfasste ihn ein Überdruss von der Art, als bekäme man einen trockenen Keks in den Mund gestopft. »Sie verehrt mich«, erzählte ihm Bonnie. »Dieses Mädchen verehrt mich einfach.« Soweit Wishart es beurteilen konnte, saß immer Flor auf dem Altar und die Mama ihr zu Füßen.

»Ich bin erstaunt, dass sie dir noch keinen Schwiegersohn präsentiert hat«, sagte er, da er wusste, dass diese Lobrede auf Flor zu einer Beschwerde führte. »Vermutlich ist sie noch zu jung.«

»Ach nein«, rief Bonnie und blieb stehen. »Wishart, das Mädchen ist vierundzwanzig. Ich weiß nicht, was Männer heutzutage von Frauen wollen. Ich weiß nicht einmal, was Flor will. Wir sind hier seit dem zehnten Juni, und weißt du, was sie geangelt hat? Ein winziges Kerlchen aus der Türkei. Ich schwöre, er ist nicht mal einssechzig. Wenn wir drei zusammen ausgehen, würde ich am liebsten in den Erdboden versinken. Ich verstehe nicht, warum sie nur an der falschen Sorte Gefallen findet. Gefallen findet, habe ich gesagt? Ich hätte sagen sollen: warum sie nur die falsche Sorte Männer *anzieht.* Sie sind schrecklich, machen ihr keinen Antrag. Flor hat so nicht mal die Genugtuung, ihnen einen Korb geben zu können. Ich verstehe das nicht, und weiter kann ich dazu nichts sagen. Ich hatte buchstäblich Hunderte von Heiratsangeboten, und nicht von kleinen Türken. Ich bin bei meinesgleichen geblieben.«

Er wollte sagen, ja, aber du warst unter deinesgleichen. Das Mädchen führt ein unstetes Leben, wie ich. Er spürte, dass Bonnies Enttäuschung über die von ihr als ihresgleichen Bezeichneten ihre Wünsche für Flor geprägt hatte. Ihresgleichen hatte sie verraten; das hatte sie ihm erzählt. Deshalb lebte sie in Europa. Nicht zu ihresgleichen zählte eine große Ansammlung von Männern mit Hosenträgern, die bei Tisch aufstanden, um den Sonntagsbraten zu zerlegen. So viel zu den Amerikanern. Sie gingen langsam weiter. Ein Schaufenster, an dem sie vorüberkamen, offenbarte den abgespannten, vertrockneten Gesichtsausdruck, der Wishart um Jahre älter machte, ihm jedoch den quälenden Konkurrenzkampf ersparte. Er fand Zeit, das Spiegelbild zu bewundern, und wurde durch Bonnies folgende, erstaunliche Worte weiter getröstet:

»Jemand wie du, Wishart, wäre gut für Flor. Ich meine, ein Älterer, eine vertrauenswürdige Person. Du weißt, was ich meine, ein Engländer, der in Amerika gelebt hat, der das Beste von beiden Welten mitbekommen hat.«

Er wusste, dass sie ihn nicht gut als Ehemann für Florence vorschlagen konnte, doch er hätte sie ewig lieben können für die Bestätigung des Gentleman, den er in dem Schaufenster gesehen hatte, der sarkastische Engländer in Amerika, der grundanständige Amerikaner in England. Er ließ seine Hand unter ihren Ellbogen gleiten, eine fast zärtliche Berührung. Sie kamen an die Croisette, gingen auf die andere, dem Meer zugewandte Seite, und Bonnie spannte ihren Sonnenschirm auf. Wisharts gute Laune hing wie ein Ballon in der Luft, als er auf den Strand hinunterblickte, auf die menschlichen Larven, die Liegestuhlreihen. Jeder Abschnitt hatte seinen eigenen sozialen Status, so deutlich wie die aufgefädelten schmierigen Fähnchen, der geharkte, übervölkerte Sand, die schäbige kleine Bar, die den sogenannten Strand der Studenten markierte, die malvenfarbenen oder gelben Sonnensegel und die Plastikmatratzen des Teils, der ein Treffpunkt für Pariser Homosexuelle war.

Wisharts uninteressierter Blick war dabei, über diesen Abschnitt hinwegzugleiten, als Bonnie ihn festnagelte, indem sie sagte: »Hier baden wir, mein lieber Wishart.« Er wandte so schnell den Kopf, dass ihr Sonnenschirm ihn ins Auge stach, was ihm die Lügengeschichte von Flor und dem Sandkorn ins Gedächtnis rief. Richtig argwöhnisch schaute er jetzt auf den Sand, wo möglicherweise zerbrochene Flaschen lauerten, und auf das Meer, das obwohl blau und funkelnd, vielleicht voller Keime war. Sogar der Himmel war geschändet – quer über ihn hin schrieb ein Flugzeug den Namen eines Getränks.

Hier war Bonnie ja in eine Gesellschaft geraten, dachte er – die Bienenkönigin in einem Tuntenhofstaat.

»O du lieber Himmel«, sagte Bonnie, ohne Wisharts eifrig arbeitende Gedanken zu ahnen. Sie blieb stehen, klammerte sich an Wisharts Arm und sagte es noch einmal: »Du lieber Himmel. Ha, da ist sie! Da ist Flor. Aber das ist nicht der Türke aus der Türkei. Jetzt macht sie ihrer Mutter mal eine Freude. Sie hat einen Neuen. Meine Güte, Wishart, wo gabelt sie die nur auf?«

»Vermutlich in der Eisenbahn.«

Aus dieser Entfernung konnte er Bonnies Tochter bewundern, dünn und reglos, mit brauner Haut und fuchsrotem Haar. Sie lehnte auf der niedrigen Mauer und schaute aufs

Meer hinunter, die Arme aufgestützt und so angespannt, als ob die Entscheidung für einen Strand ihr weiteres Leben bestimmen sollte.

»Sie hat wirklich eine außergewöhnliche Haarfarbe«, sagte er so großmütig er konnte.

»Die hat sie von mir«, sagte Bonnie kurz, als hätte sie nie bemerkt, dass ihr eigenes Haar braun war.

Der Mann an Florence' Seite war kräftig und dunkel. Er trug Segeltuchschuhe, eine großzügig geschnittene Badehose im Schottenkaro, eine wasserdichte goldene Uhr, ein Goldmedaillon an einer Kette und eine schwedische Studentenmütze, die einige Nummern zu klein war. Er hatte ein Netz mit Taucherausrüstung bei sich. Seine Brust war nackt.

»Hm, ich weiß ja nicht«, sagte Bonnie. »Ich weiß wirklich nicht.«

Durch einen gemeinsamen stillen Entschluss verwarfen die beiden den Strand, drehten sich um und kamen auf Bonnie zu. Sie gaben ein Bild ab, so hart und unpoetisch wie der Tag. Die Sonne hatte allen Ausdruck aus ihren Gesichtern gebrannt, glatte braune Masken, in denen ihre Augen – seine braun, ihre grün – wie farbiges Glas leuchteten. Obwohl Wishart sich selbst nie enge Beziehungen gestattet hatte, war er hochgradig sensibel für ihr Vorhandensein. Er konnte eine intime Situation an einem Blick oder der Beschaffenheit eines Schweigens erkennen – eine seiner vielen Begabungen, doch er wäre ohne sie glücklicher gewesen. Getrieben von Kräften, die er nicht gerufen oder erfunden hatte, war sein Gesicht in diesen Momenten das eines Opfers – erstaunt, verletzt, blutlos, roh. Der Abstand zwischen den beiden Paaren schwand.

Bonnie hatte ein träumerisches, gleichgültiges Gehabe angenommen; sie hatte nicht vor, ihnen zu Hilfe zu kommen.

»Das ist Bob Harris«, sagte Florence. »Er ist aus New York.«

»Das habe ich mir gedacht«, sagte Bonnie.

Für Wishart war klar, dass der neue Mann, der jetzt freundlich reihum die Hände schüttelte, keine Ahnung hatte, dass Mrs McCarthy ihn am liebsten umgebracht hätte. Vielleicht erschien es ihm passend, fast schicklich, Flors Mutter vorgestellt zu werden. Wisharts beklommene Vermutung war richtig gewesen – nach Tagen der unermüdlichen Verfolgung, so schien es Bob, war Flor auf sein Zimmer gekommen. Er wohnte in einem der Zuckerbäckerpaläste an der Croisette; das Zimmer war zu laut, zu hell, und am Ende war es Flor, die vollkommen entspannt gewesen war und die Jalousie regulierte, so dass Schattenstreifen auf den Wänden lagen, und die ihre Kleider ordentlich auf einen Stuhl legte. Sie erschien ihm exklusiv, ein guter Fang, obwohl sie offensichtlich beide Sommervögel waren. Er hatte sie an einem Nachmittag im Café kennengelernt. Er sah seinen Schatten auf ihrem Tisch und sich selbst, wie er verstohlen, rattengleich, auf Schwierigkeiten aus war. Doch er fing schon an, es zu vergessen und seine leichte Enttäuschung über sie und den nicht sehr zärtlichen Nachmittag. Er schuf eine flüchtige Gestalt, nur zum Teil wie Flor; er erinnerte sich an ein halbdunkles Zimmer und eine heimliche Beziehung zu einer anderen Tageszeit. Er stellte fest, dass Flor ihre Mutter innig küsste, als wären sie seit Tagen getrennt gewesen oder als hätte er Flor in ein anderes Land entführt. Die Zuneigung der beiden Frauen gefiel ihm. Die verstorbene eigene Mutter hatte seine Vorstellung von der Mutterrolle veredelt. Ihm gefielen Menschen, die mit ihren Eltern gut auskamen, und er war misstrauisch gegenüber jenen, denen das nicht gelang.

Wishart gestattete Bob, seine Hand kräftig zu schütteln, als wollte er zeigen, dass er gute Manieren zu schätzen wisse. Flors mürrisches »Hallo, Wishart« war schlimmer als eine Abfuhr. Er entschied, dass Bob kein Problem war, soweit es ihn betraf – Bobs clevere Art konnte Wishart nicht gefährlich werden und er würde Flors Zeit in Anspruch nehmen, womit Bonnie frei wäre, Wisharts Geplauder zu lauschen. Er wollte Bonnie nicht für sich wie ein Liebhaber, doch er wollte sehr wohl seine Anekdoten erzählen, ohne ständig unterbrochen zu werden.

Von da an trafen sich die vier jeden Tag an Bonnies Strand und aßen in einem Restaurant, das Bonnie gefiel. Wenn Wishart schon den Strand nicht gutgeheißen hatte, so schnitt das Restaurant, voll von Bonnies neuen Freunden, noch viel schlechter ab. Wein – algerischer Rosé – kam vom Fass, in der Butter staken Papierfähnchen, die Kellner waren frech und barfuß, die auf eine Schiefertafel geschriebene Speisekarte war voll obszöner Wortspiele. Jeder kannte jeden, und Wishart hätte Bonnie ermorden können. Er war empört darüber, dass sie annahm, ihm könne dieses Lokal gefallen, doch er erinnerte sich, dass ihre Einstellung das Ergebnis jahrelanger Kameraderie war. Egal – am zehnten Juli erwartete man ihn in Venedig. Es war kein festes Lebensmuster.

Wishart hatte den Eindruck, als würde Bonnie mit zunehmendem Alter immer alberner. Sie hatte sich ein schrilles Lachen angewöhnt, und die bisher künstlich schleppende

Redeweise wurde echt. Die Art, in der sie auf Bob Harris herumhackte, war zu direkt, um lustig zu sein, und ihre Feindseligkeit bildete ein Band zwischen ihnen – das Allerletzte, was sie sich wünschte. Bob hatte die Angewohnheit vieler Amerikaner, ständig den Namen dessen zu wiederholen, mit dem er gerade sprach. Bonnie zahlte es ihm heim, indem sie ihn jedes Mal, wenn sie mit ihm sprach, beim vollen Namen nannte, und zusammen mit ihrer leicht gekünstelten Stimme veranlasste ihn das zu der Frage: »Ist das ein Südstaatenakzent, den Sie haben, Mrs McCarthy?«

»Nun, es könnte fast sein, Bob Harris«, rief Bonnie und trug noch dicker auf. Doch es war ein Kinoakzent; sie machte es schlecht, und es ging Wishart auf die Nerven. »Eine feine Brise, die gerade aufgekommen ist«, sagte sie dann und zog die Vokale in die Länge. »Findet ihr nicht, dass wir eine nette kleine Gesellschaft sind? Es ist nett zu viert.« Nett zu viert? Für Wishart, den Umschwärmten, den Begehrten, Europas Troubadour? Er schloss die Augen und dachte an Mrs Sebastian, Venedig, ein abgedunkeltes Zimmer, grüne Kanäle. Dann platzte Florence mit etwas heraus. Nur Wishart erriet, dass diese vorlauten Ausbrüche, die einer Zwölfjährigen angestanden hätten, unschuldige Konversationsversuche waren. Weil ihre Mutter sie so herumgeschleppt hatte, weil sie nie Teil einer festen Gemeinschaft gewesen war, wusste sie nicht, wie die Leute sich unterhalten; stand ihr keine der Floskeln für einen lockeren Gedankenaustausch zur Verfügung. Mit erregter Stimme sagte sie: »Bei Fuchs und Aff und Papagei, gab‘s ständig Streit, sie war‘n nur drei, dann kam die Gans dazu als Tier, und nun war‘s gut, sie waren vier. So sind wir.

Mama ist ein netter Papagei, und ich bin fuchsrot.« Das ließ Wishart die ärgerliche Wahl zwischen Gans und Affe, und er war noch betrübter, als er Bob seelenruhig sagen hörte, es wäre nicht das erste Mal, dass man ihn einen großen Affen nannte. Urplötzlich erschien es ihm erstrebenswerter, ein Affe statt einer Gans zu sein.

»Haben Sie viele Freunde in Paris, Bob Harris?«, fragte Bonnie, als hätte sie nicht gesehen, dass Wisharts Gesicht sich in Falten legte und verschloss.

»Letztes Jahr habe ich einhundertneunundsechzig Weihnachtskarten verschickt«, sagte Bob einfach. »Und zwar keine Geschäftspost.«

»Das Jesuskind vom Eiffelturm? Etwas für Paris Typisches?« Schon als Bonnie es aussprach, wusste Wishart, dass es falsch war. Bob blickte mit einem Lächeln zu Boden. Er schien Mrs McCarthy zu bedauern, die nicht wusste, welche Karten sich die Leute jetzt schicken, nichtkonfessionell, lustig oder künstlerisch, das hing von den Freunden ab.

Allein mit Wishart war Bonnie wieder die Person, die ihm gefiel. Wenn sie am Strand zusammen lachten, war es wie in alten Tagen, als sie ihm so überlegen, bezaubernd und intelligent erschienen war. Sie lebten die für Wishart so wichtige Phantasie aus; er hätte wieder in London sein und sagen oder denken können: »Cannes«. Sie hatten sich ihren Kodex intimer Scherze für die Saison geschaffen – sie nannten Bonnies junge Freunde *les fleurs et couronnes,* und sie amüsierten sich über den französischen Jargon mit seiner nervösen Betonung von »moderne« und »dynamique«. Als Bonnie Wishart *un homme du vingtième siècle, moderne et dynamique* nannte, krümmten sie sich vor Lachen. Flor und Bob, etwas abseits, betrachteten sie verständnislos, als wären sie ein Paar schnatternder Eichhörnchen.

»Wishart ist einer von Mamas besten Freunden«, sagte Flor als Entschuldigung für das närrische Benehmen der Älteren. »Ich konnte ihn nie leiden. Ich glaube, er hält sich und Mama für Oberon und Titania, voll Bosheit und Angeberei. Wishart hätte gern Flügel und Macht und würde andere am liebsten herumkommandieren. Für mich hatte er immer etwas Kriecherisches. Hast du mitbekommen, dass meine Mutter für alles bezahlt?«

In Wirklichkeit bezahlte inzwischen Bob für alles. Er erwartete das: Es gehörte zu ihm wie das Kichern und Spotten zu Wishart. Um Bonnie zu amüsieren, hatte Wishart sich über Bob lustig gemacht. »Wishart mag mein Aussehen nicht, weil Wishart unvergleichlich sein möchte. Zum Teufel mit ihm«, sagte er friedlich. Er war wirklich sehr zufrieden mit sich; Flor lag auf dem Rücken im Sand und beschirmte die Augen, um ihn richtig zu sehen. Er hatte sich abgewandt. Er wirkte ungezwungen, gleichgültig, doch sie wusste, dass er ihretwegen in Cannes blieb. Sein Urlaub war vorbei, und sein Vater, der sich um Geschäft und Familie kümmerte, wartete in Paris auf ihn. Die Entdeckung von Flor hatte Bob durcheinandergebracht. Bisher hatten ihm viel jüngere Mädchen mit glattem Haar und sanften, ängstlichen Augen gefallen; Mädchen, die in gemusterten Seidenkleidern und mit der Perlenkette ihrer Mutter im Wohnzimmer fotografiert wurden. Sein Ideal war das Bild irgendeiner unbedeutenden germanischen Prinzessin, deren Spitzname Mausi sein könnte, die stets die gleiche Kleidung, die gleiche Frisur und das gleiche geduldige Flehen zur Schau trug, bis ein Gatte gefunden war. Dieses Bild, in das er so viele Frauen einzufügen versucht hatte, erwies sich nunmehr als anpassungsfähig – das Haar wurde rot, die Züge wurden härter, die Hände dünn und braun. Sie starrte ihn mit weniger hoffnungsloser Verzweiflung an. Schließlich wurde die sanfte junge Frau zu Flor, und er konnte sich nicht daran erinnern, dass er je ein anderes Gesicht als das ihre gesehen hatte, wie er auch nie erwarten würde, eines Morgens in den Spiegel zu blicken und ein Gesicht zu sehen, das nicht das seine war.

Diese beiden jungen Leute waren für Wishart Durchschnittsmenschen, zusammengespült von einer Flut einvernehmlicher Gedankenlosigkeit und schlichtem Begehren. Um Bonnie einen Gefallen zu tun, tat er so, als sähe er in Flor einen umschwärmten Schatz und in Bob eines ihrer vielen Opfer. »Bob ist nur ein tiefsinniger, begabter junger Mann, der ein Mädchen mit einer tragischen Auffassung vom Leben sucht«, sagte er zu Bonnie, die lachte, bis ihr die Tränen kamen. Sie brauchte eine neue Bestätigung für Bobs Lächerlichkeit, weil sie versucht hatte, ihn mit »typisch amerikanisch« und »unmöglich gekleidet« abzutun, was ihr nicht gelungen war. Die humorlose Unterhaltung des Paars wurde von demjenigen wiedergegeben, der nahe genug war, um sie zu belauschen. »Weißt du, worüber sie *jetzt* sprechen?« So begannen neuerdings ihre Gespräche, es folgten Verwunderung und schließlich hilfloses Gelächter.

»Heute sind sie beim Thema Vögel«, sagte Wishart mit gewollt ernstem Gesicht.

»Vögel?«

»Vögel.« Sie brachen zusammen, vor Lachen zuckend wie bei einem Anfall. Die *fleurs et couronnes* lachten aus Sympathie mit.

»Weißt du, was mich am meisten gestört hat, als ich zum ersten Mal nach Europa gekommen bin?«, hatte Wishart Flor sagen hören. »Damals waren wir in England, und ich kannte keinen einzigen Baum oder Vogel. Sie sahen anders aus, und die Vögel hatten andere Lieder. Ein Rotkehlchen war nicht mehr ein Rotkehlchen. Es war schrecklich. Es hat mir mehr Angst gemacht als alles andere. Und die Vögel waren so farblos. Alles war braun oder grau. Es gibt hier nämlich keine Rotdrosseln, kein farbenfrohes Aufblitzen.«

»Wirklich nicht?« Der Stadtjunge tat erstaunt. Wishart fühlte mit ihm. Das Einzige, das er mit Bob teilte, waren mangelnde Naturkenntnisse.

»Hast du das nicht gewusst? Das fehlt hier in allem. Es gibt genug Farbe, doch du kannst dir gar nicht vorstellen, wie ich es vermisse, dieses farbenfrohe Aufblitzen.«

Er sah, wie ein Schnellboot in der Sonne aufblitzte, und überall, wo er hinblickte, nahm er Farbe und Licht wahr. Die Autos, die an der Croisette entlangfuhren, waren farbenfroh genug.

»Willst du für immer hierbleiben?«, fragte Flor. »Willst du nie wieder zu Hause leben?«

»Das hängt von meinem Vater ab. Ich bin rübergekommen, um zu lernen, und ich leite im Prinzip die Pariser Zweigstelle. Das ist doch was.«

»Magst du das Geschäft?«

»Meinst du damit, ob ich lieber Schauspieler oder so was

sein möchte?« Er blickte sie gereizt an, und der Schatten einer ersten möglichen Meinungsverschiedenheit fiel auf ihre Unterhaltung.

»Mein Vater hat nie viel gearbeitet«, sagte sie. Ihre Augen waren geschlossen, und sie sprach in die Sonne. Die Sonne milderte ihre Worte. Jede Enthüllung war nur Unterhaltung. »Man sagt, er trinkt jetzt viel. Doch das geht mich nichts an. Er hat eine richtig langweilige Person geheiratet. Er und Mama sind katholisch, also glauben sie nicht an ihre eigene Scheidung. Jedenfalls Mama nicht. Auch er denkt wahrscheinlich, dass er eigentlich nicht mit seiner zweiten Frau leben dürfte. Wenn er noch glaubt.«

»Und du?«

»Ich würde an alles glauben, das für mich oder Mama gut ist.«

Das erschien ihm ungenügend. Er erwartete, dass Frauen fromm waren. Er spendete den Nonnen jede Menge Geld.

Diese Dialoge, die Wishart belauschte, während er vorgab, sich dem Sonnenbad hinzugeben, und die er so entmutigend fand, dass ihm das Paar geistig zurückgeblieben erschien, waren Versuche, die Vergangenheit auszustatten. Ihre unterschiedliche Vergangenheit verblüffte Flor. Sie sah Bob fast mit Bonnies Augen, doch mit einer natürlichen Loyalität, die beinah so stark wie eine familiäre Bindung war. Sie hielt sich für objektiv, unvoreingenommen; bis sie entdeckte, dass er mit einem schwedischen Mädchen aus Paris nach Cannes gekommen war, mit der Studentin, von der er die Mütze geerbt hatte. Sie wusste, dass »Student« in Europa ein weiter Begriff war, der alle möglichen Altersgruppen und Aktivitäten umfasst, und sie spürte die hoffnungslose Eifersucht einer Frau, die ihre Nebenbuhlerin für nicht ebenbürtig hält. Für Bonnies Tochter war es unmöglich, sich auf diese Stufe hinabzubegeben; sie sah den Mann schon verloren. Das Mädchen und Bob hatten zusammengelebt, in seinem Zimmer, wohin Flor nun nachmittags ging, wenn Bonnie sich ausruhte. Flors Phantasie entwickelte ein gehässiges Bild von einem süßen schwedischen Mädchen, das in Bobs Pyjama herumtobte. Er war insgeheim geschmeichelt, verneinte aber, sie sei ziemlich kränklich und still gewesen. Ihr Name war Eva. Sie reiste mit dem Bus. Es kamen Postkarten mit ihrem klebrigen Lippenabdruck – eine widerliche Angewohnheit. Zitternd vor geheuchelter Gleichgültigkeit packte Flor die Mütze und warf sie aus dem Fenster. Sie landete auf dem Balkon des Zimmers eine Etage tiefer.

Bob behielt die Mütze, doch er gab sein Hotel auf und zog zu Flor. Das neue Zimmer war besser. Es war ruhig, dunkel und enthielt keine Erinnerungen. Es lag im Souterrain und hatte hoch oben in der Wand ein Fenster. Die Wände waren weiß. Überall Sand, in den rissigen roten Fliesen des Fußbodens, in den Ritzen des altersschwachen Sessels, er klebte an den Hanfsohlen ihrer Schuhe. Es schien Flor, als sei erst hier das Knirschen von Sand und Salz in ihr Leben gekommen und ihre Existenz als Paar habe begonnen. Wenn die Fensterläden am späten Nachmittag geöffnet wurden, drang der pfeffrige Geruch von Geranien herein, und der Blick fiel auf einen geharkten Kiesweg. In der Nähe musste es eine Vier-Jahreszeiten-Mimose geben; der Wind trieb winzige gelbe Bällchen auf das Fensterbrett, und oft kam mit dem vergehenden Nachmittag ein Schwall süßlichen Dufts herein.

Flor hatte Bonnie gegenüber den Umzug nicht erwähnt, doch es war unvermeidlich, dass Bonnie ihren Feind, liebenswürdig und arrogant, an der Rezeption traf, als er seinen Schlüssel holte. »Ist der junge Mann die ganze Zeit hier gewesen?«, rief sie verzweifelt aus. Sie bestand darauf, sein Zimmer zu sehen. Sie wusste nicht, was sie dort zu finden erwartete, doch sie hatte ein Recht darauf, Bescheid zu wissen, wie sie Wishart erzählte. Bob lud sie in aller Form ein. Sie kam eines Nachmittags mit Flor, beide in Weiß, mit Röcken wie Lampenschirmen, Bonnie auf Wogen von »Femme«. Er sah zum ersten Mal, dass die beiden einander ähnlich waren, vielleicht unzertrennlich; sie hatten eine vertrauliche, beiläufige Art zu sprechen und lachten über die gleichen Dinge. Es war, als erlebe man einen Freund aus College-Zeiten in seiner privaten Umgebung, vor dem Hintergrund der Eltern, der Schwestern, des literarischen Geschmacks seiner Mutter. Er bot Bonnie Erdnüsse aus einer Büchse und Weinbrand aus einem Zahnputzglas an. Er bemerkte alles an ihr, außer dass sie attraktiv war, und hier war der Altersunterschied im Weg. Bob und Florence vermieden es, sich auf das unordentliche Bett zu setzen, das mit Zeitungen und Fotos bedeckt war. Da wusste Bonnie Bescheid. Und sie wussten, dass sie es wusste: Bonnie ging triumphierend, mit einer Miene, die sie bald zu ändern Grund hatte. Jetzt, wo Bonnie es wusste, verbrachte das Liebespaar mehr Zeit miteinander. Sie stahlen sich nicht mehr heimlich in Bonnies Ruhezeit davon; sie trafen sich, wann sie wollten, und blieben so lange weg, wie sie wollten. Wenn sie einen Anschein von Heimlichkeit aufrechterhielten, geschah das, weil Bob eine Fassade des Anstands brauchte.

Er hatte die flehende Prinzessin, in deren Umrisse Flor geschlüpft war, nicht völlig aus den Augen verloren.

Wenn er und Flor nicht zusammen waren, kamen ihm Zweifel. Sie hatte ihm erzählt, dass die Vögel Europas nicht den Vögeln der Heimat glichen, doch wie stand es mit den Menschen? Die erwähnte sie nie. Der Atem des Lebens waren für ihn Beziehungen, seine Freundschaften, bei denen er nicht zwischen den zufälligen und den intensiven unterschied. Seine Beziehungen waren alle von der gleichen Qualität. Sie hatte ihm erzählt, dieses Zimmer sei wie ein Raum, den sie sich vorgestellt habe. Der einzige Unterschied war, dass der Raum in ihrer Vorstellung glitzerte und hell, vollkommen still und voller Spiegel war. Jahre später konnte er noch vor sich hin sagen: Cannes, und damit eine Zeit seines Lebens heraufbeschwören, mit all den Lauten und Gerüchen, dem Licht und Dunkel, die sie enthalten hatte; doch er erinnerte sich nie präzise daran, wie es angefangen hatte oder wie es gewesen war. Zuerst kam ihre Intimität, dann Liebe und einige unbeschwerte Momente. Wie die meisten Liebenden glaubte er, dass der Anfang nur aus diesen Momenten bestanden hatte. Ihm fiel Flors stilles Spiegelzimmer ein, und er meinte, dass es ihr gemeinsames Zimmer in Cannes war und auch er es bewohnt hatte.

An einem Nachmittag Anfang Juli schliefen sie in diesem Zimmer ein, in dem wirklichen Zimmer, und als Flor aufwachte, war es dunkel. An der Belebung der Luft erkannte sie, dass es zu regnen angefangen hatte. Sie stand leise auf und öffnete die Fensterläden. Ein Wagen bog in die Hotelauffahrt ein – ein Lichtstreifen wanderte schnell über Zimmerdecke und Wände. Sie dachte, was sie in dem Augenblick fühlte, sei durch das wandernde Licht ausgelöst; es war ein konkretes Glücksgefühl, als könne man Glück anfassen, hochheben, herumtragen. Etwas Ähnliches hatte sie noch nie zuvor verspürt. Sie befand sich in einer wässrigen Welt der Wahrnehmungen, wo Eingebungen, Zweifel, Absichten, von ihren Wurzeln getrennt, an die Oberfläche steigen und sich ausbreiten. Was sie von Bob unterschied, war, dass er keine Bindungen an die Vergangenheit hatte. Nach dem Weltbild ihrer Mutter war er deshalb unterlegen. Freimütig hatte er ihnen erzählt, dass sein Vater Autodidakt war und die Eltern seiner Mutter Analphabeten. Es gab keine Familienüberlieferungen über mehr als eine Generation. Florence hatte man beigebracht, ihren Halt in der Kontinuität und der Vergangenheit zu suchen. Jetzt sah sie, dass die Reihe von Vätern und Töchtern und Müttern und Söhnen keinen wirklichen Schutz bedeutet hatte; wenn sie in Not war, wenn sie nicht mehr wusste, ob sie selbständig denken, sich bewegen und des Lebens freuen konnte, war sie allein. Sie sah, dass auch die Gewissheit in Bezug auf einige wenige Dinge – dass sie amerikanisch war, hübsch, dass sie Christin oder Bonnies Tochter war – nicht geholfen hatte. Bob Harris kannte den Geburtsnamen seiner Mutter nicht, und der Vater seines Vaters war aus einem polnischen Ghetto gekommen, doch er war deshalb nicht weniger amerikanisch als Florence, nicht weniger stolz. Er war höchstens lebensbejahender und selbstsicherer. Sie schloss die Läden und legte sich zu ihm, leise, damit er nicht aufwachte und ihr Anschmiegen falsch verstünde. Wenn man keine emotionale Heimat hat, kann man unter Umständen einen anderen Menschen als Zuhause ansehen. Sie drückte ihr Gesicht an seinen unbewegten Arm, nahm alles Unvollkommene hin, wie man ein mit Mängeln behaftetes, doch geliebtes Land hinnimmt oder die Sprache, in der man seine Gedanken formuliert. Es war die gefährlichste aller Vorstellungen, dieses »nur du kannst mich retten«, doch ihr Bedürfnis, es zu glauben, war so überwältigend, dass sie sich fragte, ob es das war, was Männer in der Vergangenheit auszudrücken versucht hatten, wenn sie von der Liebe sprachen.

*

DER HEFTIGE REGEN an jenem Nachmittag war nicht genug gewesen. Alle waren der Meinung, dass noch mehr Regen nötig war. Regen wurde gebraucht, um den Sand zu waschen, das Meer zu reinigen, ihr Temperament abzukühlen, die heißen Dächer der Umkleidekabinen am Strand abzuspülen. Wenn Wishart jetzt an »Cannes« dachte, dann dachte er nicht an hell, dunkel und dieses Blau, sondern an Sand und Zigarettenkippen und Ölflecken. Nachts ließen ihn die Hitze und der Verkehrslärm nicht schlafen. Er lag geduldig und bewegungslos mit offenen Eulenaugen da. Beim Frühstück verglichen er und Bonnie ihre Kopfschmerzen – die von Bonnie waren, als würde etwas im Gehirn anschwellen, ein Bündel von Luftballonen, während die von Wishart äußerlich waren, ein Lederband.

Er konnte nicht begreifen, was Bonnie an diesem Ort suchte; sie war so anspruchsvoll gewesen, hatte einen Kurort abgelehnt, wenn er zu populär wurde, und hatte stets, so schien ihm, geheimnisvolle Freunde und Orte, wo sie hinfahren konnte. Er glaubte immer noch, sie wäre nicht hier und würde sich für eine verschüttete Tasse Kaffee oder ein paar Zentimeter Sand jedes Mal durch Meuten schwitzender Fremder kämpfen, wenn es nicht einen Grund dafür gegeben hätte – wenn sie dafür nicht wirklich etwas erwartet hätte.

Nach einer Weile erkannte er, dass Bonnie nicht auf etwas Bestimmtes wartete und die gespannte Atmosphäre am Ankunftstag getäuscht hatte. Wenn sie damals irgendetwas erwartet hatte, dann von ihm. Sie sprach von der Vergeblichkeit des Reisens; ließ das Venusbild von Flor fallen und behauptete, Flor sei kalt und oberflächlich und habe ihr das Herz gebrochen. Dafür gab es keine Erklärung, außer dass Flor nicht Bonnies Hoffnungen und Pläne erfüllte. Selbstmitleid folgte: Sie sagte, dass sie den Rest ihres Lebens wie ein alter Papierfetzen am Strand verbringen würde, an Land gespült, von den Wellen geschlagen, und so weiter. Es war ihr egal, welchen Unfug sie verbreitete, und sie versuchte nicht länger, fröhlich zu sein. Einmal sagte sie: »Es hat keinen Sinn, Wishart, sie ist nie eine Frau gewesen. Wie kann sie fühlen, was ich fühle? Sie hat nicht einmal ihre Periode gehabt. Wir haben alles getan, Hormone, Gott weiß was. Ich bin mit ihr nach Zürich. Sie war so passiv, sie schien nicht zu wissen, wie wichtig es ist. Manchmal denke ich, dass sie dumm ist. Sie hat diese Männer – ich weiß nicht, wie weit sie geht. Ich glaube, sie ist unschuldig. Ja wirklich. Ich will nicht zu viel darüber nachdenken. Es ist widerlich, sich solche Gedanken über seine eigene Tochter zu machen. Aber sie ist kalt. Ich weiß, dass sie kalt ist. Deshalb haben wir jetzt keinen Kontakt mehr. Deshalb haben wir überhaupt keinen Kontakt mehr. Ich habe nie aufgehört, eine Frau zu sein. Gott sei Dank! Wenn ich nicht wieder geheiratet habe, dann nicht, weil die Männer nicht hinter mir her gewesen sind. Wishart! Dieses Mädchen zu beobachten ist für mich tragisch. Ich bin fünfzig und immer noch eine Frau, und sie ist vierundzwanzig und ein Stück Eis.«

Er lag neben ihr auf dem Sand. Er zog seinen Strohhut über das Gesicht, ganz und gar entsetzt. Es war ein richtiger Ausbruch, nicht beabsichtigt. Wenn er seine Gedanken ungehindert in die Welt der Frauen wandern ließ, entdeckte er einen schlecht beleuchteten und etwas ekelhaften Bereich, wie eine Küche in einem Elendsquartier. Es war eine Welt der Migränen, Fehlgeburten, Unordnung und Tränen.

An einem anderen Tag klagte sie darüber, wie erbärmlich ihr Leben in Europa gewesen war, und sagte: »Ich nahm den Wechsel der Jahreszeiten nicht mehr wahr. Jemand bemerkte zum Beispiel, dass die Bäume ausschlugen. Und ich hatte nicht einmal mitbekommen, dass die Blätter gefallen waren. Ich bekam nicht mehr mit, was um mich herum geschah, ich war so auf Flor konzentriert.«

Sie sprach mit ihm über Geld, und das war neu. Als er entdeckte, dass sie arm war, schrumpfte sie zu einem Nichts zusammen, denn damit hatte sie nichts mehr, das sie von allen anderen unterschied oder über sie erhob. Sie hatte immer auf jeden Cent geachtet, doch er hatte das für die Knausrigkeit der Reichen gehalten. Sie war nicht besser als Wishart; auch sie war von Großzügigkeit abhängig. »Ich habe überhaupt kein Einkommen, nur das, was mir meine Brüder zukommen lassen. Und Stanley ist nicht verpflichtet, mich zu unterstützen, obwohl er das tun sollte, da ich die Last des Kindes getragen habe. Flors Geld ist auf verrückte Weise angelegt, bis sie dreißig ist. Mein Vater hat es wegen meiner Scheidung so festgelegt, er hat mir nie wieder vertraut. Glaube mir, er hat dafür bezahlt. Ich habe ihm von dem Tag bis zum Tag, an dem er gestorben ist, nicht einmal mehr eine Postkarte geschickt. Familie, Wishart! Gott! Reizende Leute, doch wenn es ums G-e-l-d geht«, sagte sie und buchstabierte es. »Flor bekam nur bis zu ihrer Volljährigkeit Unterhalt von Stanley, und jetzt schickt er ihr kaum etwas, er vergisst es, er kümmert sich um nichts. Sie muss warten, bis er gestorben ist. Man sagt, so wie er lebt, wird wohl nichts übrigbleiben. Wishart, mein Kopf klingelt wie eine Ladenkasse, wenn ich daran denke. Ich habe mir nie Sorgen gemacht, aber jetzt kann ich nicht mehr damit aufhören.«

»Du hast wohl gedacht, wenn die Unterhaltszahlungen von Stanley für sie aufhören, wäre sie längst verheiratet.« Kein Tonfall konnte dieser Bemerkung das Gehässige nehmen. Er glaubte, zu weit gegangen zu sein, und gab ihr die Schuld, weil sie mit dem Thema angefangen hatte, doch sie erleichterte es ihm durch ihren Zorn.

»Glaubst du denn, das ist so einfach? Heiratsanträge wachsen nicht auf Bäumen. Ich kann es nicht verstehen. Ich hatte so viele.«

Das war der Anfang der Unterhaltung, die sie auf der Croisette geführt hatten. Es zeigte, wie abgenutzt ihre Freundschaft inzwischen war. Sie war fadenscheinig geworden, sie ertrugen einander nicht mehr und hatten sich nichts Neues zu geben. Sie waren sich näher gekommen als nötig; er gab ihr die Schuld. *Er* hatte versucht, ihre Beziehung heiter zu halten. Einmal hatte Bob gefragt, warum Bonnie in Europa lebte, und Wishart hatte geantwortet: »Bonnie bekam Flor und zog sich danach, erschöpft vom Kinderkriegen, an eine stets sonnige Küste zurück.« Das war eine schmeichelhafte Version von Bonnies Scheidung und Flucht aus der Heimat. »Hören Sie gar nicht hin«, sagte Bonnie, außerordentlich erfreut. (Sie war noch aus einem anderen Grund erfreut: Sie saßen am äußeren Rand eines Cafés, und Bob wurde wiederholt von der vorbeiströmenden Menschenmenge angerempelt. Er hatte einmal behauptet, dass er Menschen mochte und nichts dagegen habe, wenn es laut zuging, und Bonnie sorgte dafür, dass er von beidem reichlich abbekam.) Wishart wollte, dass ihre Ferien so weitergingen, wie es sich angehört hatte, als er in London gesagt hatte: »Ich fahre nach Cannes und bleibe dort bei einer reizenden amerikanischen Freundin.« Die amerikanische Freundin fragte Wishart nun nach seinen Plänen. Er erkannte voller Entsetzen, dass sie auf einen Vorschlag von ihm wartete. Er hätte geschmeichelt sein können, weil Bonnie sich so an ihn klammerte, doch in der Freundschaft war er wie ein Liebhaber, der nur in der Verfolgung bewundern kann. In ein paar Tagen wäre er in Venedig bei Mrs Sebastian – die liebe Mrs Sebastian, verbürgt reich. Er zeigte Bonnie die kalte Schulter und schwärmte den *fleurs et couronnes* etwas von Venedig vor. Von Wishart zurückgewiesen, von Flor verlassen, nahm Bonnie einen neuen Ausdruck an; mehr noch als Wishart wirkte sie wie eine gescheiterte Schauspielerin, von Träumen heimgesucht. Er bemerkte es und war erfreut, als ob er durch die Weitergabe einer Krankheit ihre Bösartigkeit abgeschwächt hätte. Dann, gerade rechtzeitig, um ihn von seinem hohen Ross herunterzuholen, erhielt Wishart einen Brief von Mrs Sebastian, in dem sie seinen Besuch auf August verschob. Entschuldigungen und Erklärungen gab es nicht. Sie teilte ihm nur mit, dass er nicht kommen solle. Da fiel ihm ihre Kälte und Gewöhnlichkeit wieder ein und dass sie zu viel trank und dass ihr Spitzname Däumelinchen war, obwohl sie eine dralle Person war, und sie auch darauf bestand, so genannt zu werden. Sie war geizig und hatte Wishart für eine Flasche DDT und ein Spray bezahlen lassen, als ihn in einem Sommer die Moskitos fast umbrachten. Ihm fiel ein, dass nach amerikanischen Maßstäben Bonnie jemand war und Mrs Sebastian überhaupt nichts darstellte. Mit einem Mal war Bonnie wieder großzügig, anständig, elegant und wichtig für Wisharts Leben. Er wandte sich ihr zu, als wäre er fort gewesen; doch für sie *war* er fort gewesen und hatte an Boden verloren. Nun bedauerte er, dass er versäumt hatte, Venus-Flor zu huldigen, es nicht für voll genommen hatte, wie ernsthaft Bob Harris, der Kerl aus der Türkei und all die vorangegangenen Trunkenbolde und Trottel Bonnie beschäftigten. Die dunklen Brillengläser, die den langgestreckten Bogen des Strandes zu einem winzigen Bild zusammenschrumpfen ließen, waren abgewandt. Selbst ein verkleinerter reuiger Wishart konnte sein eigenes Spiegelbild darin nicht finden.

Bonnie ihrerseits fand ihren welkenden Marchbanks ermüdend. Seine arrogante Voreingenommenheit wirkte nicht mehr wie köstlicher Humor. Er machte den Fehler, ihr eine lange, vor Namen strotzende Schulpolitikgeschichte zu erzählen, in der einer vorkam, der seine Stelle haben wollte. Es zeigte, wer er in Wirklichkeit war – ein Lehrer, der um seinen madigen Posten bangte –, und Bonnie verlangte es nicht nach dieser Wirklichkeit. Sie hatte es mit genug Wirklichkeit zu tun: Im Herbst würde dieses Mädchen fünfundzwanzig.

Wishart versuchte, in ihr altes Fahrwasser zurückzufinden. »Lenke sie ab«, sagte er träge. »Fahr herum. Biete ihr kulturelle Zerstreuungen. Besichtige die Kathedralen und Museen. Nimm sie mit ins Musée de l'Homme.«

»In Museen lernt man keine Männer kennen«, sagte Bonnie, als wäre das ein wunder Punkt. »Und wozu auch? Sie interessiert sich nur für Banausen.« Nach einer Weile sagte sie leise: »Verstehst du denn nicht, das ist es nicht, was ich für Flor will. Ich will nicht, dass sie einfach irgendeinen heiratet. Dir kommt das vielleicht komisch vor, aber ich will nicht einmal einen Amerikaner. Die haben mich immer enttäuscht. Meine eigenen Brüder ... doch ich will nicht wieder davon anfangen. Ich will einen Europäer, aber keinen Südländer, und einen, der in den Staaten gelebt und von beiden Welten das Beste mitbekommen hat. Ich will jemand, der viel älter ist als Flor, weil sie das braucht, und einen, dem ich vertrauen kann. Das will ich für mein Mädchen, und das habe ich gemeint, als ich gesagt habe, Heiratsanträge wachsen nicht auf Bäumen. Auch Männer nicht.« Doch was wusste Wishart von Männern? Er war ein Frauenversteher, der beste Freund für Frauen. Sie setzte die Sonnenbrille auf, um ihren Ärger über ihn zu verbergen, weil er ein Mann war, doch nicht der richtige.

Ihre Miene war völlig ausdruckslos. Nun gab es keinen Zweifel mehr, man konnte es nicht anders interpretieren. Ungeachtet seiner kürzlichen Gleichgültigkeit hatte sie ihre Meinung nicht geändert. Flor wurde ihm, Wishart, angeboten.

Er war nie so dumm gewesen, von einer Zweckehe zu träumen. Er wusste, dass seine Auserwählte der einen Saison ihn in der nächsten verdammen konnte. Er hatte gelegentlich an ein reizendes, doch unwissendes Bauernmädchen gedacht, das er sich heranziehen könnte; er hatte die verschwommene Vorstellung eines Städters vom Landvolk. Leider hatte er nie jemand von der Art getroffen. Ganz gewiss war seine bäuerliche Braut, von der erwartet wurde, dass ihre außergewöhnliche Schönheit durch ihre Bereitwilligkeit, seine Schuhe zu putzen, ergänzt wurde, nicht Flor.

Er durfte jetzt keinen falschen Schritt tun. Er sah sich mit einer geistig minderbemittelten, aber idealen Frau nach Amerika zurückkehren. In absurden Phantasien stellte er sich vor, wie er im Gespräch äußerte: Die Mutter war eine charmante Frau, ich habe die Tochter geheiratet.

Er vergaß die Gefahren – Bonnie als Schwiegermutter. Eine heimliche Hoffnung entfaltete sich und wuchs. Er erhob sich und begann in blinder Entschlossenheit über den Strand zu laufen. Nicht weit weg lag das Liebespaar im Sand, die Gesichter einander zugewandt, halb im Schlaf. Flor hatte den Arm unter den Kopf gestützt. Er sah Bobs Rücken, fast schwarz gebrannt, und Flors Gesicht. Sie waren einander so nah, dass sich ihr Atem vermischen musste. Flors Schönheit verging, wurde weniger klassisch; er hätte sie jetzt nicht mehr als Venus bezeichnet. Für Wishart war ihr intimer Umgang eine Tatsache; damit war eine stillschweigende Ergebenheit verbunden, wie ein familiäres Band, mit all den Widersprüchen, die darin enthalten waren. Sie verkehrten miteinander. Wishart sah, dass Flor sich dem Kuss nicht hingab. Zwei Lorbeersträucher mit einer Wurzel – wo hatte er das gehört? Jeder hatte etwas, was dem anderen fehlte, und im Kuss sollte ein makelloses Ganzes entstehen.

Flor fragte sich, wie es für einen Mann war, sie zu küssen, und erinnerte sich an Worte von Männern, die sie nicht geliebt hatte. Das war so beschämend narzisstisch, dass sie die Augen öffnete und Wishart sah. Er war das feindliche Insekt, dem man in einem unterirdischen Tunnel begegnet, der kleine, kratzende Beobachter, der knochenlose Abgesandte eines Insektenuniversums – eines winzigen, huschenden Universums, zu dem ihre Mutter gehörte, der glotzäugige korsische Eigentümer dieses Strandes, die *fleurs et couronnes,* die Prozession der allerbesten intimsten Freunde und Freundinnen ihrer Mutter – vor Wisharts Zeit war darunter ein Biest von einer Gräfin, zu der das Mädchen Flor nett zu sein hatte. In einem Anfall von Angst, den Bob fälschlicherweise für Hingabe hielt, klammerte sie sich an ihn; er gehörte nicht zu diesem Universum und kam von einem besseren Ort.

Wishart kehrte zu Bonnie zurück und sank neben ihr in den Sand, wobei er seine knochigen Beine richtete, als wären sie zusammenschiebbare Schirme. Wenn er im Irrtum verharrte, dann war Bonnie daran schuld, denn sie redete weiter von Männern, vom richtigen Mann und von Flor. Der Wind legte sich – Cannes ließ sich in den trägen Nachmittag gleiten. Die *fleurs et couronnes* waren vom Mittagsschläfchen zurück und schwatzten wie die Wellensittiche. Bonnie hatte ihre Sonnenbrille mit einem Handtuchzipfel poliert. Sie hörte damit auf, hielt sie in der Hand, blickte starr vor sich hin. »Vergangene Nacht habe ich geträumt, meine Tochter wäre eine Meerjungfrau«, sagte sie. »Was bedeutet das? Wishart, du weißt doch alles über solche Sachen. Was bedeutet das?«

»*Ravissant*«, sagte einer aus ihrem Hofstaat. »Ich sehe das blaue Meer und die Grotten, alles korallenrot und blau. Korallengrün und korallenblau.«

»Korallenblau gibt es nicht«, sagte Wishart mechanisch.

»Und Florence, *la belle Florence*, schwebt und treibt dahin, das schöne Haar ausgebreitet wie …«

»Sie sang und sie schwebte, sie schwebte und sang«, spann ein kleinerer Typ fort, der einem Guppy ähnelte. Auf einen Blick von Bonnie hin schnappte er heftig nach Luft und verstummte.

»So war es überhaupt nicht«, fauchte Bonnie. »Es war ein hässlicher Fischschwanz, wie von einem Karpfen, und das Ganze war sehr lästig. Das Mädchen konnte einfach nicht laufen. Sie lag da auf der Erde und konnte gar nichts machen. Alle starrten uns an. Es war ein ganz hoffnungsloser Traum, und ich bin *sehr verstört* aufgewacht.«

Wishart war so verwirrt von dem Kuss, der in einen Ausdruck der Leere mündete, dass er keinen klaren Gedanken fassen konnte. Was ihn letztlich daran interessierte, war die Bestätigung, dass Flor eine *poseuse* war. Wie hochmütig sie dort gelegen und ihre eigenen Empfindungen erkundet hatte, so müßig, wie Urlauber Sand von der einen in die andere Hand rieseln lassen. Er erinnerte sich an den Ausdruck ihrer Augen – schlaue, gemeine Augen, dachte er, nicht die Augen einer Göttin – und er wusste, dass sie Angst vor ihm hatte und ihn verabscheute und ihn entlarven könnte. »Das geht nicht«, sagte er zu Bonnie, oder: »Das würde nicht gutgehen, eine Ehe mit Flor.« Er hörte die Worte: »Sie hat einen Knacks«, doch er war sich nicht sicher, ob er das laut gesagt hatte. Außerordentlich erstaunt wandte ihm Bonnie ihr gerötetes Gesicht zu, das im Schatten war. Sie bemerkte Wisharts verstörte und verzweifelte Augen, die fast leer wirkten, ohne Gefühl, wie Vogelaugen. Dann blickte sie in den Himmel, wo das Flugzeug unaufhörlich und geräuschlos den Namen eines Getränks schrieb. Sie sagte: »Ich wünschte, es würde etwas für uns schreiben, etwas Nützliches.«

Sein Irrtum war schlimmer als die taktlose Bemerkung über Flor. Alles bebte und veränderte sich; sogar die Farbe des Himmels erschien ungewöhnlich. Wishart war in dieser veränderten Landschaft erstarrt und gelähmt und fragte sich, ob er etwas Seltsames tat oder sagte, ohne es zu erkennen oder vermeiden zu können. Schon lange hatte er keinen solchen Schrecken erlebt. Er hatte geglaubt, Bonnie schätze ihn um seiner selbst willen. Er hatte angenommen, dass die perfekte Miniatur in ihrer Sonnenbrille der Wishart war, den sie akzeptierte, der Gentleman, den er an jenem ersten Tag in der Schaufensterscheibe erblickt hatte. Er hatte gedacht, dass der Tonfall einer Stimme, der Gebrauch einiger Worte sie einander ebenbürtig machte. Doch Bonnie hatte nie daran geglaubt. Sie hatte ihn immer nur als Emporkömmling gesehen. Ihm fiel auf einmal ein, dass sie ihn nie ihrer Familie in Amerika hatte vorstellen wollen, nie vorgeschlagen hatte, ihre Brüder kennenzulernen.

Als Bonnie sich wieder hinzusehen traute, stieg er gerade ins Meer. Er trug seinen Hut. Es machte ihm nichts aus, einfältig auszusehen, denn er hielt Exzentrik für eine Aufwertung seines Status. Nachdem er eine Weile im knietiefen Wasser gestanden und mit dem Ausdruck eines angestrengt nachdenkenden Kamels erst zum Horizont und dann zurück zum Ufer geblickt hatte, stieg er vorsichtig wieder aus den Fluten. Das Wasser war zu schmutzig zum Schwimmen, selbst wenn die anderen Badenden ihm Platz gelassen hätten. »Große bunte Bälle flogen über meinen Kopf, und manche prallten sogar dagegen«, formulierte er und beschrieb so den Sommer in Cannes für zukünftige Zuhörer. »Den kreischenden Kindern von Fleischern wurde das Schwimmen beigebracht.«

Ein Stück strandauf brachte Bob Harris zwei Bierflaschen mit darüber gestülpten Gläsern zu Flor. Bonnie schaute unbeteiligt zu. Dann erstarrten die beiden Gestalten wieder, und so sollten sie sich ihr ins Gedächtnis graben, gefangen in der Hitze und dem unerträglichen Lärm.

Um Bonnie herum schliefen alle. Der unstete Schirokko rüttelte an ihrem Schirm im Sand. Sie saß mit angezogenen Knien darunter und umklammerte ihre weißen Füße. Sie waren makellos; die Zehen gerade, die Fersen rosig. Sie hatte ihre Füße wie Zwillinge gepflegt und Flor damit ein Beispiel gegeben. Einmal hatte sie die Geduld mit Flors nachlässiger Haltung verloren, hatte Flors Füße auf ihren Schoß genommen und ihr gezeigt, wie man es machen sollte. Sie hatte Flor die Füße gecremt und manikürt, während Flor verstohlen versucht hatte, in einem Buch weiterzulesen, und lustlos sagte: »O Mama, ich kann es selber machen.«

»Aber du machst es nicht, Schatz. Du achtest einfach nicht auf dich, wenn ich nicht da bin.« Sie hatte ihr kleines Idol poliert und gepflegt, und für wen? Für einen Türken, nicht mal einen Meter sechzig groß. Für Bob Harris mit Badehosen im Schottenkaro. Es hatte keinen Sinn; die Minuten und Stunden waren zu schnell vergangen. Die Wahrheit, die ihr das ganze Leben lang zu schaffen gemacht hatte, dass es nämlich keinen Abstand zwischen der Zeit und den Ereignissen gab, bestürzte sie. Alles raste auf einen Punkt zu, der außerhalb ihres Blickfelds und Einflussbereichs lag. Alle entglitten ihr: der Ehemann, die Tochter, die Freunde. Sie ließ sich zurücksinken. Ihr Gesichtskreis engte sich ein, und von der linken Seite kamen die ersten Schmerzpartikel angeschwommen.

Wishart, der aus dem vor Menschen wimmelnden Meer kam und einen Umweg machte, um nicht in ein Volleyballspiel zu geraten und zu Schaden zu kommen, erreichte Bonnie unbemerkt. Er tupfte seine gelbliche Haut mit einem Handtuch ab und beobachtete dabei, wie sich die Kopfschmerzattacke bei seiner Freundin entwickelte. Ihr Gesicht war halb in der Sonne. Sie wand sich, um den Schatten des sich drehenden Schirms zu finden. Bitter, in sich gekehrt, zog er schon die Lumpen des erfundenen Wishart um sich zusammen – der Gutsherren-Vater, die in Geld schwimmende Mrs Sebastian über dem Canal Grande. Bonnie glaubte, diesmal wirklich zu sterben, und fragte sich, ob Flor es bemerken würde.

*

FLOR SAGTE: »Ich glaube, Mama hat wieder ihre Kopfschmerzen.«

»Ihr passt aufeinander auf, wie?« Er hatte sich erkundigt, warum sie »Mama« sagte, und es war ihm erzählt worden, es sei eine Angewohnheit der Fairlies, der Familie ihrer Mutter. Auf die Art hätte sie auch sagen können: »Alle in unserer Familie haben seit 1912 die gleiche Zahnbürste benutzt.«

Ein Hitzeschleier hatte den Himmel überzogen. Sie leerte das Bier, breitete ihr gestreiftes Strandtuch ein Stück entfernt von ihm aus und lag still. Er hatte ihr erzählt, dass sein Vater aus Paris angerufen habe, und diesmal war es ein Befehl. Er würde bald abfahren, vielleicht schon morgen. Es war Juli. Der Sommer, eine Frucht, die schon von Wespen ausgehöhlt war, hing noch an seinem Ast. Er reiste ab. Wenn er fort war, würde sie die Frage hören, die Geisterstimme, die zu jedem Reisenden spricht: Warum bist du hierhergekommen? Bis jetzt hatte sie es gewusst – sie war an diesem oder jenem Ort mit ihrer Mutter, weil ihre Mutter nicht sesshaft werden konnte, weil jede gemietete Wohnung oder Villa ein unerträgliches Zerrbild ihres Zuhauses war oder des Zuhauses, das Bonnie Flor hätte bieten sollen. Wenn er fort war, würde sie ernüchtert erkennen, dass sie in einer faulenden Jahreszeit in Cannes war, die Fäulnis war Realität, und Hoffnung auf das Spiegelzimmer gab es nicht.

»Kommst du später nach Paris?« Sein Vater wartete; er sprach mit einer Dringlichkeit, wie jemand, der versucht, den Telefonhörer aufzulegen, während die Augen im Zimmer umherwandern.

»Ich weiß nicht. Ich weiß nicht, wohin wir von hier aus fahren oder wie lange Mama bleiben wird. Sie und Wishart streiten sich am Ende immer, Mama verliert den Kopf und wir reisen überstürzt ab. Alle unsere Verwandten zu Hause glauben, wir hätten ein herrliches Leben. Bist du schon mal am Morgen spazieren gegangen und hast ein Spinnennetz mit Tautropfen entdeckt?«, fragte sie plötzlich. »Hier wirst du das nie finden. Es ist entweder zu heiß und trocken oder es regnet so viel, dass die Spinne ertrinkt. Bei meiner Großmutter bin ich im Sommer immer geritten, früh, ganz früh am Morgen, mit meinen Cousins. Ich hatte nur Cousins.« Ihre Stimme erstarb, als sie den Kopf abwandte.

»Flor, warum fährst du nicht nach Hause?«

»Ich kann meine Mutter nicht verlassen, und sie will nicht. Vielleicht traue ich mich nicht. Sie hat mich früher gebraucht. Vielleicht brauche ich sie jetzt. Was sollte ich denn zu Hause? Meine Großmutter ist tot. Ich habe kein Zuhause. Ich weiß, das klingt nach Selbstmitleid, doch ich habe wirklich nichts.«

»Du hast deine Mutter«, sagte er. »Es gibt mich.«

Jetzt war es da, das Ereignis, das Bonnie mit Widerwillen und Verlangen erwartet hatte. Er rückte näher und sprach ihr ins Ohr, mit ihren Haaren spielend, als wären sie allein am Strand oder in seinem Zimmer. Er dachte an das Souterrain, als ob sie dort nie wieder sein würden. Er dachte an ihr langes Haar, die zerwühlten Betttücher, die wegen der Hitze zurückgeschlagene Decke. Es war der vorhergesehene Moment, die Verdichtung der Gefühle, wie sie in der Kindheit oder in Träumen vorkommen. Wishart ging vorbei: Sein Schatten fiel auf ihre Füße. Sie waren genötigt, aufzublicken und seine Zwiebelhaut und essigsauren Augen zu sehen. Sie waren höflich. Keiner konnte behaupten, sie hätten beschlossen, vier Lebensläufe zu verändern, und damit die Hoffnungen, Wünsche und Ambitionen von Bonnie und Bobs Vater – Ratgebern, deren Führung plötzlich versagt hatte – zunichte gemacht.

Wishart kehrte in sein Hotel zurück. Es war die Stunde, in der die Bewohner von *Pensionen* vom Meer heraufgetrottet kamen. Ganze Familien gerieten Wishart in die Quere. Sie hatten schlimmen Sonnenbrand, rochen nach Ambre Solaire und Skol und sahen aus, als könnten sie einander keinen weiteren Tag ertragen. Wishart badete und zog sich um. Er ging zur Post und dann zum Bahnhof, um zu sehen, wann ein Bus fuhr. Er verzieh kühl, wenn ihm jemand auf die Füße trat, wirkte aber wie einer, der nie wieder eine Entschuldigung akzeptiert. Er schickte ein Telegramm an ein amerikanisches Ehepaar, das ein Haus in der Nähe von Grasse besaß. Er hatte sie eigentlich dieses Jahr auslassen wollen; der Mann konnte ihn nicht leiden. (Die einzige Art Ehemann, in dessen Gegenwart sich Wishart wohl fühlte, war das arme Würstchen, der halbverdaute Krümel.) Doch er konnte jetzt nicht mehr bei Bonnie bleiben, und Mrs Sebastian hatte ihn ausgeladen. Er legte seinen ganzen Abscheu vor Cannes in eine herzzerreißende Botschaft, die mit »Sehr deprimiert« anfing, setzte aber keinen ulkigen Namen darunter, aus Furcht, den Ehemann zu verärgern. Er unterzeichnete mit eigenem Namen, steckte das Wechselgeld ein und ging zum Bahnhof. Diesmal trennten Bonnie und er sich ohne Streit.

In dieser Nacht war Vollmond. Bonnie wachte plötzlich auf, als hätte sie die Anwesenheit eines Diebs im Zimmer bemerkt; doch es war nur Flor, die den zerrissenen Bademantel anhatte, den sie seit ihrem vierzehnten Lebensjahr besaß und den Bonnie nie wegwerfen konnte. Sie hatte ein Glas Wasser in der Hand und blickte auf ihre schlafende Mutter herab.

»Flor, stimmt etwas nicht?«

»Ich hatte Durst.« Sie stellte das Glas auf den Nachttisch und sank neben ihrer Mutter auf den Fußboden.

»Dieser Wishart«, sagte Bonnie, jetzt hellwach, und fing an, Flors Haar zu streicheln. »Er hält sich wirklich für etwas Besonderes.«

»Wofür hält er sich?«

Bonnie streichelte ihrer Tochter übers Haar und dachte: Meine Meerjungfrau, mein Schatz. Der Karpfen war aus dem Traum verschwunden und ließ eine schillernde Flor zurück. Keiner war für Florence gut genug. Das war die Bedeutung des Traums. »Deine Haare sind so steif, Süße, sie sind voller Salz. Wenn du nur eine Badekappe aufsetzen würdest. Flor, hast du Fieber oder so?« Sie will mir etwas sagen, dachte Bonnie. Bitte, lass es alles andere sein, nur nicht dieser junge Mann. Alles andere, nur das nicht.

*

IM MORGENGRAUEN schloss Wishart, der den größten Teil der Nacht wachgelegen hatte, seinen Koffer. Um diese Stunde war kein Gepäckträger zu sehen. Er lief durch Straßen, in denen noch nichts auf den schrecklichen Tag hindeutete, zum Bahnhof. Der Geruch des Südens, der dünne Extrakt von Zitronen und Geranien, senkte sich aus den Bergen herab. Dann begann die Hitze zu zittern; Vespa-Roller rasten am Hafen entlang; der weißbeinige Touristenplebs stieg aus dem Frühzug. Wishart dachte an seine neue Gastgeberin, akademisch, eine leere Hülle; sie hatte das Land hinter Grasse der Schatten von Gide und Saint-Ex wegen gewählt, Geister, die sie fliehen würden, wenn sie wüssten, was gut für sie war. Er stieg in den Bus und setzte sich zwischen die Arbeiter, die nach Grasse fuhren, und das Meer versank hinter ihm, als er davongetragen wurde.

In dem schaukelnden Bus sank sein Kopf nach vorn. Er wusste, dass er in einem Bus saß und nach Grasse fuhr, doch er sah Glad, zwölfjährig, die sich im Morgengrauen auf den Weg machte, ihr Mittagessen in eine Schürze gewickelt. Was war mit dem schmutzigen, kleinen Rotzjungen, der an ihrem Kleid hing, dessen Finger sie einen nach dem anderen lösen musste, nur damit die Hand sich sofort wieder ins Kleid krallte, fester als vorher? Konnte das Wishart sein, der sich festklammerte, greinte, schrie: »Bleib bei mir«? Doch Wishart blieb munter und ließ sich nicht in die Falle locken. Er passte gut auf, nicht zu träumen, und als der Bus in Grasse einfuhr und unter den Bäumen hielt, und Wishart seine neue strohhalmdünne Gastgeberin sah (Chignon, Espadrilles, Bauernhut), wirkte er nicht wie ein von Alpträumen heimgesuchter Schauspieler, sondern wie ein ausgeglichener, angenehmer Lehrer, dessen Schlaf so tief ist, dass er überhaupt nie etwas träumt.

IV

WENN ES NACH DER BEACHTUNG GING, die ihm zuteil wurde, hätte er ebenso gut allein sein können. Wenn er sprach, antwortete ihm niemand. Bisher hatte keiner zu ihm gesagt: »Wie aufmerksam von dir, George«, obwohl er doch den Tisch in der Bar ausgesucht hatte, wo sie ruhig und allein sitzen konnten statt in dem überfüllten Speiseraum. Das Essen war vorüber. Der Kellner lehnte an der Bar, stellte die Rechnung zusammen und addierte, als könnte er die Summe nicht glauben, die Weinflaschen und Weinbrandrunden. Der Barkeeper las in einer ausgebreiteten Zeitung. Georges Tante Bonnie zwängte sich in ein Bolerojäckchen aus Affenfell; seine Hilfsangebote hatte sie gereizt abgewunken. Es war noch eine dritte Person am Tisch, der Schwiegersohn seiner Tante, Bob Harris. Harris konnte Tante Bonnies Kampf nicht sehen; er hatte die Ellbogen auf den Tisch und das Gesicht in die Hände gestützt. George bemerkte – als Teil einer noch ausstehenden Beurteilung, dass Harris zwei Ringe trug, einen modernen goldenen, der zu seinen Manschettenknöpfen passte, und einen Onyxring, der auf den kleinen Finger der linken Hand gezwängt war. Er sah wie ein Damenring aus. Vielleicht hatte er Harris‘ Frau gehört.

»Es ist k-komisch«, fing George wieder an. Er wollte sagen, dass da ein merkwürdiges Licht über dem Louvre war, als ließe man von einem Ort hinter dem Louvre, vielleicht der rue de Rivoli, Strahlen in einer warmen, spektakulären Farbe hin- und herwandern. Die Fenster der Bar am linken Seineufer, wo sie gespeist hatten, gaben diesen Blick frei und es war nichts anderes als das letzte Glühen des Tages. George hatte nach Gesprächsthemen gesucht und probierte nun das. Keiner scherte sich darum.

»Das Essen geht auf meine Rechnung«, sagte George verzweifelt zu Harris' noch immer verdecktem Gesicht.

In diesem Augenblick sprang der Kellner Georges Tante zu Hilfe. Sie ruderte mit den dünnen Armen, verdrehte und verrenkte sie im Kampf mit der Bolerojacke. Jetzt war sie links herum. Der Kellner entfernte die Jacke, schüttelte sie zurecht und leitete Tante Bonnies suchende Hände. » *Merci.* Was hast du eben gesagt, Georgie, mein Lieber?« Inzwischen war es Nacht. Es blieb nichts außer einer sich auflösenden safrangelben Wolke.

Harris saß zurückgelehnt, hatte die Hände auf den Tisch gelegt und lächelte leise, so von sich eingenommen, so lässig, dass George sich fragte, ob er die kummervolle Geste nicht geträumt hatte. In seiner Kindheit war ihm oft versichert worden, dass ein dramatischer Moment, den er deutlich gesehen und gehört hatte, sich nie ereignet hatte. Harris nickte dem Kellner zu: »Da ist dein *bill*«, und der Kellner beugte sich über George mit der zusammengefalteten Rechnung auf einem Tablett und einem Stift, damit er unterschreiben konnte. Harris schien es Spaß zu machen, englische Ausdrücke, wie »bill« für »Rechnung«, zu verwenden. Die schwarzen Sachen, die er trug, verliehen ihm etwas Würdiges, Fremdländisches, und er wirkte älter, als er war, nämlich sechsundzwanzig oder siebenundzwanzig. Er hatte ein dunkles, weiches Gesicht und hätte ein in England erzogener Grieche oder Perser sein können, wenn man die Gesamterscheinung betrachtete, sein Auftreten, seine Ringe und seine Kleidung. In einem Brief nach Hause hatte Tante Bonnie geäußert, ihr Schwiegersohn sehe wie ein Vorstadtgangster aus. Für George war Harris weder Gangster noch Vorstädter, aber auch nicht gänzlich respektabel. Er war vertraut auf eine ausgeprägt amerikanische Art, doch er gehörte nicht zu der Sorte Amerikaner, mit der George aufgewachsen war. Im fremden Paris bewegte er sich so ungezwungen wie jemand aus Georges eigener Welt, und doch anders – weltmännisch, gewieft. Er beobachtete Georges Schwierigkeiten, ohne Hilfe anzubieten. Dafür war George dankbar. Die plötzlich gestiegene Selbstsicherheit, die ihn veranlasst hatte, einen Tisch in der Bar zu bestellen und darauf zu bestehen, dass dort das Essen serviert wurde, war abgeklungen. Sein Stottern war wieder da. Er war unsicher, wenn er Französisch sprach. Eine Minute lang war er entschieden aufgetreten und hatte das männliche Element in Tante Bonnies Familie verkörpert. Die Minute war vorbei, er war wieder George mit allem, was dazu gehörte, wenigstens für ihn. Er musste dem Kellner erklären, dass er nicht in diesem Hotel wohnte. Dass er deshalb die Rechnung nicht unterschreiben konnte. Dass er mit einem Reisescheck bezahlen und das Wechselgeld in Francs haben wollte. Er bewältigte es, als hätte er sein ganzes Leben lang Gäste in ausländische Restaurants eingeladen, und Harris half, indem er sich raushielt; nicht so Tante Bonnie, die kreischte: »Wir lassen doch den Kleinen nicht etwa für das Essen bezahlen?«

Die arme Tante Bonnie hatte sich so grotesk ausstaffiert, dass alles, was sie zu sagen hatte, dahinter verblasste. Ihre Sachen mussten aus einem Schrankkoffer hervorgeholt worden sein – sie rochen nach Kampfer und Dunkelheit – der Pelz, das formlose schwarze Chiffonkleid, die Bernstein- und Jettketten, ihre spitzen Satinschuhe, die Tasche mit dem Kettengriff und der Bernsteinschließe. Ihr Haar kam George gefärbt vor. Er konnte sich nicht erinnern, ob seine Tante diesen Haarschopf schon so trug, als er sie vor zwei Jahren gesehen hatte. Der Abstand zwischen ihm als Siebzehnjährigem zu Hause und ihm als Neunzehnjährigem im Ausland konnte mit keinem ihm bekannten System gemessen werden; nicht einmal die Veränderungen bei seinen Verwandten und Bekannten waren ein Maß dafür.

Tante Bonnie tupfte mit einem bestickten Taschentuch an ihrem Lippenstift herum. »Du bist ein richtiger Fairlie, George«, sagte sie. »Das war ein nettes Essen.« Trotz ihres Kummers hatte sie Melone, Hühnchen, Salat, Käse und Eis gegessen. Sie hatte die Zigaretten der anderen abgelehnt und eine eigene Marke kommen lassen und sich über die Weine beschwert. Manchmal ließ sie den Kopf hängen, als wäre ihr Genick gebrochen, dann wieder blickte sie George plötzlich mit den blauen Augen seines Vaters an und sprach mit ihm. Was Harris anging, so benahm er sich einfach, als wäre er allein.

George hatte nicht bemerkt, wie Harris den Tisch verlassen hatte, so unauffällig war er davongeschlüpft, bis Tante Bonnie mit ihrem gepuderten Gesicht dicht an ihn heranrückte und sagte: »Er ist gegangen, um die Rechnung zu bezahlen und deinen Scheck zurückzuholen. Sag kein Wort, wenn er zurückkommt. Danke ihm nicht. Er macht so etwas gern. George, ich weiß nicht, was ich ohne Bob anfangen sollte. Er war so schrecklich nett zu ihr. Er war wirklich die ganze Zeit so nett zu ihr. Florence konnte schwierig sein. O ja, sie war ein Engel, aber sie konnte auch schwierig sein. Ich weiß, dass du das nicht für möglich hältst, du hast nur die guten Seiten an ihr gesehen, sie hat dich so lieb gehabt. Doch dieser Junge war mit ihr verheiratet, und er musste mit ihr leben, genau wie ich mit ihr leben musste, und er war einfach die ganze Zeit über nett zu ihr.«

»*Du* musstest nicht mit ihr leben«, sagte George. Das war eine Feststellung von der Art, wie sie aus seinem Munde kam, ehe sie durch den Kopf gegangen war; es war nur eine Eingebung, nicht mal ein Gedanke. Er schaute seine Tante völlig entsetzt an, als hätte sie etwas Seltsames gesagt; aber Tante Bonnie sagte freundlich: »Flor und ich standen uns doch so nahe, mein Schatz. Ohne mich wäre sie unglücklich gewesen, hätte sich immer Sorgen gemacht. Und ich hätte mir ihretwegen Sorgen gemacht. Es wäre nicht fair Bob gegenüber gewesen, ihn mit dem verstörten Mädchen allein zu lassen. Ich war schrecklich wichtig für ihre Ehe, mein Lieber. Ich hielt mich immer für eine Art Blitzableiter.«

»Keiner, *keiner* kommt gegen Tante Bonnie an«, hatte Georges Vater einmal gesagt. »Sie ist lieb, sie ist hilflos, sie hat ein paar krumme Sachen gemacht. Doch keiner kommt jemals gegen sie an. Dieser Harris sollte hart im Nehmen sein.« Damals hatten sie nicht viel von Harris gewusst, außer dass Tante Bonnie ihn nicht leiden konnte. Florence hatte ihn an einem Strand oder in einem Hotel kennengelernt und ihn auf der Stelle geheiratet. Sie kümmerte sich nicht darum, was die Leute sagten, und wischte mit einer Handbewegung alle Fürsorge und Liebe und alle Pläne vom Tisch – doch das waren Tante Bonnies Worte. Sie war voller Trauer gewesen, die arme Tante Bonnie, weil ihr einziges Mädchen sich weggeworfen hatte; nie sah sie es als etwas Geringeres an.

Tante Bonnie schien nun ihre alten Einwände vergessen zu haben. »Flor hat ihn geliebt«, flötete sie. »Ja, so war es. Er war ja so nett zu ihr. Flor trug eine Menge Liebe in sich.« Urplötzlich änderte sie den Ton, wurde sachlich: »Bob hat sie heute besucht, ohne mich. Wir dürfen sie nicht zusammen besuchen, ich weiß nicht, warum. Er hat gesagt, sie ist so schrecklich liebevoll gewesen. Sie wusste seinen Namen nicht und so, aber sie hat den Kopf an seine Schulter gelehnt und sein Gesicht gestreichelt, und sie hat ihn mit Brotkrumen von ihrem Tablett gefüttert. Siehst du, sogar jetzt ist sie noch voller Liebe.« Tante Bonnie fuhr plötzlich mit dem Kopf herum und rief: »Ich habe gerade gesagt, ich wünschte mir, Georgie würde in Paris jemand kennen, der lustiger ist als wir. Es macht ihm keinen Spaß, sagt er.«

Harris war zurückgekehrt und stand am Tisch. George reagierte langsam. Die Falschheit, die ungeheuerliche Impertinenz seiner Tante ließen ihn im Geist stottern. Als ob er sich beschweren könnte, als ob er sich bei diesen vom Schicksal geschlagenen Menschen in ihren Pseudotrauersachen hätte beschweren können. Wenn ihn doch Harris anschauen würde, damit er ihm signalisieren könnte, dass es nicht wahr war.

»Wir könnten später etwas zusammen unternehmen«, sagte Harris mit einer Stimme, der nichts anzumerken war.

»Ja, macht das«, sagte Tante Bonnie eifrig. »Macht das mal. Florence würde auch wollen, dass ihr euch amüsiert.«

Die Dummheit der Bemerkung nahm ihr nichts von ihrer Grausamkeit. George versetzte sich an Harris' Stelle und fühlte sich schlecht. Er flüchtete sich in eine Betrachtung der Wände der Bar, die mit Stadtplänen von Paris tapeziert waren. Er versuchte, die Namen von Straßen zu finden. Als seine Blicke zu seiner Tante und Harris zurückkehrten, bemerkte er, dass sie sich nicht ansahen. Sie schienen durcheinander. Jeder wurde Zeuge des Leidens des anderen, und das musste schwer zu ertragen sein.

Harris bekam vielleicht die Hälfte der unbedachten Dinge, die sie sagte, nicht mit. Er sah wie ein Mann aus, der in einen vertrauten Bahnhof kommt und feststellt, dass alle Züge zu den falschen Orten fahren oder unmögliche Abfahrtszeiten haben: Mit endloser Geduld wartete er darauf, dass die Fahrpläne korrigiert würden.

»Ich ge-gehe bezahlen«, sagte George, um etwas zu sagen.

»Das hast du schon getan«, sagte Harris. »Weißt du nicht mehr?«

»Georgie hat geglaubt, *du* wärst bezahlen gegangen, als du dich so weggestohlen hast«, sagte Tante Bonnie. Sie erhob sich und suchte Schal, Tasche, Fächer und Handschuhe zusammen und ging mit unsicheren Schritten zur Tür. Sie lief wie ein altes Weib; sie schien sich entschlossen zu haben, alt und taktlos zu sein und sich wie die Irre von Chaillot zu kleiden. »Ich möchte nach Hause laufen«, sagte sie von der Tür aus. »Ich möchte den ganzen Weg nach Hause laufen. Ihr Jungs könnt dann zurückgehen und das Auto holen. Ich möchte den Weg nehmen, den Florence immer gegangen ist. Florence liebte die Pariser Nacht.«

Die Nacht, die Florence geliebt hatte, empfing sie mit Verkehrslärm. Die Seine war ölig und still. Das Ende des Sommers war da, und die Stadt schien erschöpft von der gerade durchlittenen Jahreszeit; das Herz der Stadt war ausgezehrt von den zahlreichen Fremden auf den Straßen, der Bewegung von Autos und Booten, den neugierigen Suchscheinwerfern auf den Denkmälern, dem Druck der Hände, Füße, Kameras, Augen. George hatte das sofort gespürt, als er an diesem Nachmittag, aus London kommend, in Paris eintraf. Wenn man London als zu dick beschreiben könnte, dann war Paris zu dünn. Er war froh, dass diese verdorbenen Ferien vorüber waren. Er war froh, dass er bald nach Hause fahren würde und nicht länger verpflichtet wäre, auf die Qualität der Luft, die er einatmete, zu achten und sie vergleichen zu müssen.

»Köstlich!«, rief Tante Bonnie und reckte ihre spitze Nase gen Himmel. Sie hakte sich bei den jungen Männern unter. George nahm den Fächer und die Handschuhe, Harris den Schal und die Tasche. Er schien entspannt; doch George fühlte sich, als trüge er zwanzig Fächer und achtzig Paar Handschuhe. Er dachte an das weiße Kaninchen und hegte den Verdacht, dass er ihm gliche. Seine Tante trippelte über die Straße, George stolperte, und nur Harris schaffte es, normal zu gehen. Am Quai Voltaire blieben sie am Seineufer stehen, und die Männer warteten auf Befehle. Das Ganze war in Tante Bonnies Hände übergegangen. »Ich will die Quais entlanglaufen«, ordnete sie an, »und über den Pont de l'Alma auf die rechte Seite, und dann die Avenue Montaigne entlang und nach Hause. Es ist ein langer Weg, aber Georgie soll etwas von Paris sehen.«

George wartete darauf, dass Harris Einspruch erhob; es schien ihm ein unvernünftig langer Weg. Doch Harris nickte, und sie gingen wieder los – das verrückteste Trio, das man sich vorstellen kann, dachte George, der Verrücktheit nicht gewohnt war. Nichts hatte ihn auf diese Situation vorbereitet, in der er ständig seinen Schritt zu finden versuchte. »George ist ein Glückspilz«, hatte seine Mutter einmal gesagt. »Er hat alle guten Nachteile gehabt.« Seine Erziehung hatte ihn eher auf den sozialen als auf den menschlichen Zusammenbruch vorbereitet. Seine Jugend, die er gerade hinter sich gebracht hatte, schien ihm ein Hort von Halluzinationen, gehörten und gesehenen Dingen, die nicht stimmten oder die er nicht gebrauchen konnte. Er war ein großer Mensch mit großen Händen und Füßen, hellblauen Augen und blonden Augenbrauen, Wimpern und Haaren. Seine Miene war ernst und freundlich. In Stimme und Art geriet er nach der Familie seines Vaters, und er hatte das Familiengesicht; es war ein gutmütiges Gesicht ohne besondere Merkmale, das gewöhnlich über Beimischungen fremden Erbguts triumphierte. Eine der Schwestern von Tante Bonnie, Georges Tante Louise, hatte einen Mann namens Reed geheiratet. Die Reed-Jungen – es waren vier – waren so entschieden Fairlie, flachsblond und linkisch, dass der Reed-Vater (knochig und braun) überhaupt keine Chromosomen gehabt haben konnte und die von Tante Louise sich zum Ausgleich verdoppelt hatten. George hatte das als Naturgesetz betrachtet; ihre Züge waren ein konkretes Erbe, wie die Ringe, Broschen und Tassen, die reibungslos von einer Generation zur nächsten weitergereicht wurden. Es gab so etwas wie eine Familienpersönlichkeit – anständig, großzügig, eingebildet –, und alle Familienmitglieder trugen ihre Erziehung wie ein Sandkorn in ihrem Herzen.

Sie gingen jetzt langsam, alle drei im Gleichschritt, ins Laternenlicht und die Blätterschatten hinein und wieder heraus. »Ich finde, du bist ein tapferer Junge, Georgie, dass du allein nach Europa kommst«, sagte seine Tante. »Ganz allein in England! Flor ist ohne mich nirgends hingegangen. Fühlst du dich mutig?«

»Es war eigentlich ziemlich einsam«, sagte George. Er hoffte, dass nichts in seinem Tonfall verriet, wie einsam es gewesen war; es wäre etwas entwürdigend gewesen, die Wahrheit mit ihnen zu teilen, dass sein Urlaub ein Fehlschlag gewesen war. »So würde ich es nicht noch mal machen. Mir hat manches in England gefallen. Schottland hat mir noch besser gefallen. Aber als ich heute Nachmittag hier angekommen bin, war ich so einsam, dass ich nicht wusste, was ich tun sollte. Ich bin zu eurer Wohnung gefahren, doch keiner hat die Tür aufgemacht. Ich habe mehrmals angerufen ...« Klang das nach Selbstmitleid? Er hatte sie besuchen wollen, keiner war zu Hause gewesen. Daran war nichts Besonderes. Zurück im Hotel hatte er angerufen. Er hörte es zum zehnten Mal klingeln und dann Bobs Stimme, höflich, überrascht: »*George?* Deine Tante ist gerade nicht da, George, ich erwarte sie aber bald zurück. Florence geht es nicht besonders gut. Wir mussten sie in ein Heim bringen ... eine Art Erholungsheim. Deine Tante wird es dir erzählen. Hast du das Telegramm nicht bekommen? Wahrscheinlich nicht. Wir dachten uns, es wäre besser, wenn du nicht kommst.« Seine Stimme war für einen Mann sanft, geprägt von den Lauten und Rhythmen, die New York ausmachen. Mit einem Mal überkam George heftige Vertrautheit. Quer durch Paris vermittelte die Stimme das Vorhandensein von Jahreszeiten, Morgen, Abenden, Nachmittagen. Die Stimme war nicht im Mindesten wie seine eigene; er hatte ja die guten Nachteile genossen, so dass er sich nie wie Bob anhören würde. »Wo bist du, George?«, sagte die Stimme. »Hast du einen Bleistift oder etwas Ähnliches?« Er nannte den Namen eines Restaurants in einem Hotel, nicht weit von Georges eigenem, und sagte, er würde mit Georges Tante bald dorthin kommen. Alles, was ihn bedroht und bekümmert hatte, wurde durch das Gespräch beseitigt, und George war nun frei, mit seiner Tante an der Seine entlangzuschlendern, ihren Fächer und ihre Handschuhe in der Hand.

»Natürlich ist Georgie einsam«, sagte seine Tante. »In Paris ist es nicht schön, wenn man nicht verliebt ist, was?« Und sie zupfte ihren Schwiegersohn am dunklen Ärmel.

Sie wusste nicht mehr, was sie sagte. Das war die einzig mögliche Erklärung. Der Schock hatte sie um den Verstand gebracht. George hörte Bob sagen: »Mach dir keine Sorgen«, als hätte er ihr seit Jahren nicht mehr zugehört, aber immer eine Antwort auf alle ihre Bemerkungen und Klagen.

»Du musst verliebt sein«, sagte seine Tante boshaft, und ihre Hand trommelte jetzt auf Georges Arm, so dass er wusste, er war damit gemeint. Das bedeutete, seine Mutter hatte von Barbara Sim geschrieben. Es hatte vier Jahre gedauert – vier Sommer lang. Als er achtzehn wurde, war es vorbei. Vorbei für ihn, hieß das, nicht für sie. Unverfroren bestand sie auf der Liebe. Eines Tages wurde der Gedanke an Barbara von der Erinnerung an Flor überschattet. Flor hatte nichts mit Barbara zu tun, wusste nichts von ihrer Existenz. Doch George erinnerte sich daran, wie es mit Flor gewesen war, so wie man durch ein Zeitloch zurückkehrt – zu einem See, einem Zimmer in einer Stadt oder in den Süden. Der Auslöser war vielleicht die Glasperle. Er hatte sie gewohnheitsmäßig in die Hand genommen, und dort lag sie nun. Es war die billige Glasperle aus der Kette, die seine Cousine mit vierzehn zerrissen hatte. Er sah ihre Hände emporfliegen und die gläserne Explosion wie aufspritzendes Wasser. Wenn er an seine Cousine dachte, dann hatte er dieses Bild vor Augen: ein dünnes, sonnengebräuntes Mädchen, das an einer Glasperlenkette zerrte und sie zerriss. Sie hatte ihn damals erschreckt; er war erst sieben gewesen. Sie hatte, was Tante Bonnie »eine kalte Wut« nannte. Egal, was seitdem geschehen war (vor der Szene mit den Brotkrumen wandte sich sein Geist mit Grausen), sein Bild von Flor wurde damals geprägt und es galt noch heute und für den Rest seines Lebens: ein wildes Mädchen, das eine Kette zerriss, der Lebenskreis, der sich mit vierzehn schloss, die Familie, die Mutter, der zukünftige Ehemann.

George hatte die Glasperle behalten, als hätte er schon mit sieben Jahren gewusst, dass er so etwas wie ein Feigling war und Beweise in der Hand brauchte. Kurz nachdem er den klassischen Abschiedsbrief an Barbara geschrieben hatte, verlor er die Glasperle. Er steckte die Hand in die Tasche, und die Perle war fort. Was blieb, war seine Angewohnheit, seine Hand über Luft zu schließen. Er war immer noch ein Feigling, und zu höflich.

Georges Eltern hatten die Romanze mit Barbara zunächst mit Nachsicht verfolgt und dann mit Beunruhigung. Jetzt konnten sie lächeln – George würde sein Leben nicht durch dieses Mädchen ruinieren. Er dachte, sie hätten es besser wissen müssen: Er würde nie sein Leben wegen eines anderen Menschen ruinieren. Er war so viele Jahre lang an Barbara gewöhnt gewesen, gewöhnt daran, ihr alles zu schreiben oder zu erzählen, dass es jetzt Barbara war, der er anvertraute, seine Eltern hätten es falsch verstanden und seine Mutter ihn an Tante Bonnie verraten. Dann trafen seine Augen auf die eines ihnen entgegenkommenden Mädchens. Das Mädchen tauchte auf die poetischste Weise auf, die man sich vorstellen kann – sie kam aus der Pariser Nacht. So sollte es geschehen; für so etwas war er jetzt offen. Das Mädchen blickte ihn an, bis sie auf einer Höhe mit den dreien war, und wandte dann den Blick ab. Sie war blond, hatte markante Wangenknochen und trug einen engen grauen Rock und einen Wildledermantel.

»Kindermädchen«, sagte Tante Bonnie in die Nacht hinein. »Von denen kommen jedes Jahr Millionen aus Skandinavien. Kleine Liebchen. Sie sollen eigentlich Französisch lernen.«

Sie musste immer so gewesen sein, eine kleine dürre Katze, stets sprungbereit. Er beschloss, es im Gedächtnis zu behalten, falls es jemals wichtig werden sollte, dass er dieses Mädchen auf dem Quai Anatole France gesehen hatte. Tante Bonnie lief mit schnellen hüpfenden Schritten wie ein Vogel. Sie schien Gefallen am Laufen zu finden. Sie war immer die Kränkliche gewesen, doch sie hatte durchgehalten, und hier war sie, lief hopsend dahin, wie eine Schlingpflanze an die Arme zweier Männer geklammert, und genoss die Nacht. Der Quai war still wie eine Landstraße. Dann kamen sie am Pont de la Concorde an, und die Stille hörte auf. Ein Strom von Fahrzeugen, schneller als die Seine, floss an ihnen vorüber, und er sah am anderen Ende der Brücke die Lichter des Place de la Concorde in unregelmäßigen Abständen, beunruhigend und bewegt, wie in seiner Erinnerung Lichter am Ufer eines Sees, und der Obelisk erschien ihm wie ein großer beleuchteter Schiffsmast. »Wunderbar«, sagte er pflichtgemäß. »Aber irgendwie ist es keine Stadt.« Die Antwort, die von Harris hätte kommen sollen, kam von Tante Bonnie. Sie sagte, als dränge es ihr aus tiefstem Herzen: »Keine Stadt ist wie New York.« Ihre Stimme nahm nun wieder ein künstliches Zittern an; sie hatte vergessen, dass sie eine alte Dame sein sollte. Jetzt fiel es ihr wieder ein. »Wenn es etwas gab, das meine Florence hasste, dann war es die Art und Weise, wie sie alle Denkmäler für die Touristen anstrahlen. Sie sagte, Paris sehe dadurch wie eine alte Prostituierte aus. Sie wollte nie hinschauen. Eigentlich ging sie nachts kaum auf die Straße.«

Vor einer halben Stunde hatte sie gesagt, dass Florence die Pariser Nacht liebte; doch Widersprüche schienen typisch für seine Tante zu sein. Sie hatte George erzählt, dass Harris großzügig und freundlich war, während sie in Briefen nach Hause geklagt hatte, er sei geizig und rücksichtslos und hätte ihnen – den Frauen – nie ein Auto geschenkt. George konnte nicht gut fragen: Bist du geizig? – auch wenn Harris da war und sich selbst verteidigen konnte, im Gegensatz zu Flor. Er spürte die Abwesenheit von Flor körperlich. Er überlegte, wo sie jetzt war – in einem Genesungsheim oder so, nahm er an, in einem als Hotel getarnten Krankenhaus, wo alles eine ihm unbekannte Bedeutung hatte, das Geräusch eines aufgedrehten Wasserhahns oder die Farbe Blau. Als er darüber nachdachte, wo sie *wirklich* war, hatte er den Verdacht, dass sie an keinem bestimmten Ort war. Sie war nirgends. Es wäre schön gewesen zu glauben, sie sei glücklicher, ruhiger, liebevoller als je zuvor, doch er dachte: Sie ist nirgends.

Sobald George in seinen Gedankenspielen zu weit ging, verlor er den Sinn für die Realität. Er sah drei Leute laufen und stehenbleiben, um den Verkehr vorbeizulassen, dann weitergehen; er hörte ihre Stimmen, doch er verstand nichts von dem, was sie sagten. Das war normal; es war ein furchtbarer Tag gewesen – die Reise von London hierher, der Grenzübergang, die Vorstellung, nach Paris zu kommen (»völlig ahnungslos ...«, wie er sich immer wieder sagte), und dann das Telefon, das in einem unsichtbaren Zimmer klingelte, und Bobs Stimme, die sagte: »Deine Tante ist nicht da.« Die Hand der Tante lag jetzt leicht auf Georges Arm, doch die linke Hand hatte sie in den Ärmel ihres Schwiegersohns gekrampft, und er tätschelte ihren Arm und murmelte in seiner zerstreuten Art: »Mach dir keine Sorgen« – die ständige Beruhigungsformel für seine weiblichen Familienmitglieder. Sie schienen für das Leben verbunden, und ehe George nachdenken und beschließen konnte, den Mund zu halten, sagte er: »Mein Gott, du tust mir leid, Bob«, was später als ein weiteres Beispiel für die berühmten Bemerkungen von George herhalten musste.

»Du brauchst mich nicht zu bedauern«, sagte Bob nach einer Weile. »Als ich Flor kennengelernt habe, wusste ich, dass sie einmalig war. Nichts an ihr war übertrieben. Sie hatte gerade genug von allem. Gerade genug Schönheit, gerade genug Verstand, gerade genug von dem, was Bonnie ihre Kinderstube nennen würde.« Tante Bonnie schickte funkelnde Blicke in alle Himmelsrichtungen, und sogar George dachte, dass seine Cousine und die ganze Familie mit ihr unterschätzt wurden. Er wollte sagen, Flor hat ihre Verrücktheit nicht von *unserer* Seite; als hätte Bob irgendetwas damit zu schaffen! Nun gut, mittlerweile war Bob abgeklärt und objektiv, doch vor zwei Jahren, in den Flitterwochen, hatte er sich nicht so benommen. George hatte ihn damals gesehen und miterlebt und konnte sich noch erinnern. Dieses distanzierte »gerade genug« war wahrscheinlich eine Möglichkeit, sich nicht mehr als nötig zu quälen, aber George wusste Bescheid. Bald darauf bemerkte er, dass Bobs Äußerung sich nicht auf seine Bemerkung bezog. Es war einfach nur eine in die Nacht hinein abgegebene Erklärung.

»Was Flor reichlich hatte, war meiner Meinung nach eine gewisse Reinheit«, sagte Tante Bonnie traurig. »Weißt du, Georgie, als sie klein war, hat sie mir nie eine unangenehme Frage gestellt, du weißt, was ich meine, und da sie kein Mädchen war, dem andere kleine Mädchen etwas Unanständiges erzählen, blieb ihr alles Schockierende erspart. Sie hat Glück gehabt«, sagte Tante Bonnie, »sie ist ohne all das aufgewachsen. Ich glaube nicht, dass es bei dir so war«, sagte sie und zupfte an Georges Ärmel. Bob spielte keine Rolle mehr. Georgie war jetzt ihr Junge. Er erkannte, dass er mit Flor die Rollen wechseln sollte und dass er, der behütet zu Hause aufgewachsen war, verzärtelt und verzogen, als seine Cousine ausstaffiert werden sollte – Eltern geschieden, irgendwo aufgezogen, die jahrelanges Schweigen brach und ihrem Vater beleidigende

Briefe schrieb, sich in aller Öffentlichkeit mit ihrer Mutter stritt und offen Reue zeigte. Sie schufen eine makellose Florence und durch sie eine fehlerlose Bonnie; keiner hatte an irgendetwas Schuld. »Ich hätte keinen Sohn gewollt«, sagte Tante Bonnie. »Die Tochter bleibt ein Leben lang die Tochter. Weißt du, was *deine* Mutter mir letztes Frühjahr geschrieben hat, Georgie? Sie hat geschrieben: ›Es ist schwer zu begreifen, aber er wird sich bald von uns lösen.‹ Da warst du, was? Achtzehn? Na, Flor war mit achtzehn wie ein kleines Kind. Sie hat sich nie von mir gelöst.«

George dachte: Jetzt hat sie sich gelöst.

Natürlich hatte er das gesagt. Diesmal reagierte er auf seinen Fauxpas mit Widerwillen auf die anderen. Er hatte seine Fehler satt. Er hatte Tante Bonnie satt und auch Flor. Hätte er die Glasperle noch besessen, dann hätte er sich ihrer nun entledigt. Er hätte die Hand ausgestreckt und sie auf die niedrige Mauer am Quai gelegt. Er war seiner Tante überdrüssig, und er konnte sie nicht leiden. Sie war dumm und boshaft, und er mochte sie überhaupt nicht. Das war ganz verkehrt, weil sie jetzt in Schwierigkeiten steckte und er zur Familie gehörte; doch ob man Leute leiden konnte oder nicht, hatte nichts mit Gerechtigkeit zu tun. Er liebte seine Eltern, aber nun war er hier in Paris, ohne sie. Was seine Mutter in dem Brief geäußert hatte, traf zu: Bald würde er sich lösen. Er hatte Barbara geliebt, aber als er aufs College kam, hatte er sie abgeschüttelt – konnte sie nicht schnell genug loswerden. Hass war vielleicht einfacher als Liebe, doch er hatte nie jemanden gehasst, und soweit er wusste, hatte ihn nur eine Person jemals gehasst, und das war Flor. Er hatte es gesehen, als er sieben war und sie vierzehn, und es war nur die Drehung ihres Kopfes und ihr Blick gewesen. Vielleicht hasste sie ihn, weil er eingebildet und fett war und seine Eltern ihn vergötterten; oder vielleicht interpretierte er zu viel in diese Erinnerung hinein, und sie hatte sich nur so verhalten, wie eine ungeduldige Vierzehnjährige sich jedem kleinen Cousin gegenüber verhalten hätte, der ein Quälgeist und eine Plage war. Seine Eitelkeit spielte dabei eine entscheidende Rolle, denn es war selbst jetzt noch schwer zu verdauen, dass Flor vor zwölf Jahren Georgie Fairlie gehasst hatte, den doch eigentlich alle lieben sollten.

Tante Bonnie brachte ihn auf den Boden der Tatsachen zurück. Es war einer ihrer schnellen Übergänge von Unsinn zur Wahrheit. Bei solchen Gelegenheiten veränderte sich ihre Stimme und wurde hart, sachlich, recht witzig, etwas heiser, als gehörte sie zu denen, die eine Kellnerin mit »gute Frau« anreden könnten. Für verschiedene Ebenen der Wahrheit hatte sie verschiedene Stimmen. Jetzt stürzte sie sich in die Realität, und ihre Stimme wurde härter und tiefer. Sie schien George nun näher, und er hatte das Gefühl, an jemandes Seite zu gehen, den er kannte, und nicht drei Unbekannte zu beobachten, die zusammen in die fremde Nacht schritten.

»Hör mal, Georgie«, sagte seine Tante, drehte sich zu ihm und lachte wie ein Mädchen, »einmal hat sich Flor mit einem Burschen aus Ägypten eingelassen. Der erzählte, er sei mal der und der gewesen, oder sein Vater sei es gewesen. Ich habe noch nie ein Mädchen gekannt, das so ein Talent hatte, sich mit Leuten einzulassen, die mal was gewesen waren, es aber jetzt nicht mehr waren. Er sagte, wenn alle Probleme im Nahen Osten gelöst seien, würde er Flor nach Ägypten mitnehmen und ihr den Nachtklub zeigen, den König Faruk immer besucht hatte und den er selbst besucht hatte, als er noch Junggeselle war. Ich darf sagen, dass er kein Junggeselle mehr war, denn das war eine andere von Flors Spezialitäten: Sie lernte sie immer in mehr als einem Sinne zu spät kennen. Flor fragte, was denn in diesem Nachtklub passiere, und er sagte, oh, dort bekomme man so nette Mädchen zu sehen. In diesem Klub sehe man ›toutes les Miss de l'Europe‹. Für Flor war ›une Miss‹ eine Gouvernante, doch es stellte sich heraus, dass er nicht das meinte. Er meinte Miss Oslo, Miss Vichy-Wasser, Miss Baden-Baden. Das wollte er meiner Flor zeigen, Georgie, ›toutes les Miss de l'Europe‹.«

George lachte, dachte dann an Harris und hörte auf. Sie schienen die ganze Nacht gelaufen zu sein, an den Ampeln blieben sie stehen und warteten auf Grün, dann gingen sie wieder los. Harris war ihr Führer. George schämte sich, ihn nach Tante Bonnies Geschichte anzusehen, doch als sie auf dem Pont de l'Alma waren und Tante Bonnies Befehl befolgten, stehenzubleiben und zu schauen, wie schön die beleuchteten Brücken aussahen, lehnte sich Bob ein wenig vor, so dass ihn George unauffällig von der Seite betrachten konnte. Er war nicht der gepflegte, lebhafte junge Mann, den er von der Hochzeitsreise vor zwei Jahren in Erinnerung hatte, sondern ein sanfter und geduldiger Mensch mit dem leeren Profil eines Blinden. Er hörte Harris sagen: »Ich habe mir immer gewünscht, dass wir einfach sein könnten, doch sie konnte nicht einfach sein, bei dem Leben, das sie geführt hat.« Die Seine floss schneller; die Spiegelbilder der Brücken bekamen Risse und bebten. Bonnie beachtete diese offenkundige Provokation von Seiten Bobs nicht, und George nahm an, sie habe es nicht gehört – aber sie hatte es gehört, denn sie wartete ihren Moment ab und sagte mit gebrochener Stimme: »Ich kann dir überhaupt nicht sagen, wie lieb Florence gewesen ist, George. Lieb und einfach. Und sie war ein temperamentvolles, attraktives Mädchen. Sie hätte unter einem Dutzend toller Männer auswählen können. Einer wollte Flors wegen ins Wasser gehen, als sie gerade mal sechzehn war. Dort oben …«, und sie hob Georges Arm mit ihrem eigenen, um in die Richtung zu zeigen, aus der sie gekommen waren.

»Mach dir keine Sorgen«, sagte Flors Mann beruhigend. »Mach dir einfach keine Sorgen.« Er setzte seine kleine Gruppe wieder in Bewegung, und sie gingen weiter. Sie kamen jetzt in einen anderen Stadtteil, und Bob schien mit jedem Schritt aufzuleben. Das war sein Terrain: Geschäfte, Nachtklubs, gut angezogene Mädchen. Er befreite sich aus der ihm aufgezwungenen Rolle; er war nicht länger weich und geduldig, gleichgültig und blind. Es war ihre Schuld. Sie hatten ihn ausgesperrt. Schließlich war er der Ehemann. George wollte zu ihm sagen: Du kennst doch Tante Bonnie; es ist nur, weil ich zur Familie gehöre, ich spreche die Familiensprache, ich gehöre dazu. Wie konnte er erklären, dass ihre Worte »Du bist ein richtiger Fairlie« Bob ausgrenzten, Flor jedoch einbezogen? Oder was für ein Trost es war, hier auf dem Pont de l'Alma, wo jede seiner Bemerkungen falsch oder verletzend war, zu wissen, dass seine Gesichtszüge ein Schutz waren und sein Verhalten ein Schirm? Er versuchte, sich an Flor zu erinnern, um sie in die Familie einreihen zu können; doch ihr Gesicht entglitt ihm immer wieder, wie bei dem Mädchen, das er in dieser Nacht gesehen und schon wieder verloren hatte. Er nahm an, dass Flor hübsch war, die Leute behaupteten es. Er vergaß, dass auch er das einmal gesagt hatte. Jetzt dachte er: Sie hat zuviel McCarthy in sich, ihre Augen sind zu grün. Dann wandte sie ihm plötzlich ihr Gesicht zu, und er konnte ihre Augen sehen, den Mund und das Haar. Er erinnerte sich daran, dass Flor sehr hübsch war und stolz, und er erinnerte sich, dass sie ihr dickes Haar hochgehoben und sich umgeschaut hatte – wie Georges Mutter gesagt hatte – »die wusste Bescheid«. Sie musste ja Bescheid wissen; vielleicht blickte sie ab und zu in einen Spiegel. »Flor war eine richtige Fairlie«, hatte Tante Bonnie beim Essen gesagt, als wäre Florence tot. Wenn sie so weitermachte, würde sie bald glauben, dass die Haare ihrer Tochter blond und ihre Augen blau waren, und auch George dazu bekehren. Flor war jetzt nirgends, deshalb machte es möglicherweise nichts aus. Vielleicht war es Höflichkeit, die Irrtümer der Mutter hinzunehmen. Doch er war stur, und er wusste, dass seine bruchstückhaften Erinnerungen an Flor stimmten und Tante Bonnies Phantasien falsch waren. Er wusste, dass Flor rotes Haar hatte und eine kalte Wut in sich trug und sich vielleicht nicht groß um alles, was außerhalb der Glasperlenkette lag, kümmerte oder kümmern konnte. Bob, in Schweigen und trügerische Ruhe eingeschlossen, wusste sogar noch mehr; doch es war besser, dieses Terrain nicht zu betreten. »Ich habe über Flor nachgedacht«, sagte George und wollte damit ausdrücken, dass er die ganze Zeit über sie nachgedacht hatte, und das stimmte fast, doch keiner hörte ihm zu. Sie liefen rings um den Place de l'Alma und bogen in die Avenue Montaigne, und während Bob zum Leben erwachte, schrumpfte Tante Bonnie, baute ab. George klang wie seine Tante, unlogisch. Wenn sich die drei in dieser Nacht trennen würden, wäre Flor verloren. Die frühere Flor existierte nur noch in ihrer Unterhaltung und ihren Gedanken. Wenn sie geheilt würde, wäre sie eine andere. Das wusste er ganz genau.

»Ihr zwei Jungen müsst zurückgehen und das Auto holen«, sagte Tante Bonnie. »George, du bist ein richtiger Trost gewesen.«

Bob sagte weich: »Freut mich, dass du uns besucht hast.«

Sie meinten es ernst. Sie hätten sich über alles Mögliche gefreut. Sie standen auf einer stillen, dunklen Straße. Hier wohnten Bob und Tante Bonnie. Er erkannte die Doppeltür, die zum Hof führte. Er war am Nachmittag hergekommen und hatte sie gesucht. »Kommt nicht mit hoch«, sagte Tante Bonnie. »Ich kann selbst die Treppe hinauf und in die Wohnung gehen, ohne Hilfe aus meinen Sachen und in mein Bett steigen, und mehr mache ich nicht. Ich mache jetzt immer weniger. Immer weniger.«

Bob sagte: »Mach dir keine Sorgen, du wirst uns alle überleben.« Es klang freundlich.

»Hat der Spaziergang dir geholfen, George?« fragte Tante Bonnie, ehe sie sich umwandte.

»Mir geholfen?«

»Ich dachte, du hast zuviel getrunken, mein Guter. Ich habe gedacht, die Nachtluft tut dir gut. Deshalb habe ich uns einen Spaziergang verordnet.« Plötzlich verfiel sie in brüllendes Gelächter und sagte: »Ich muss schon sagen, früher fand ich Betrunkene toll, ich meine, geistreiche Betrunkene. Muss ja so gewesen sein, denn ich habe einen Trinker geheiratet. Mein

Gott, wenn ich daran denke, wie Stanley palaverte, manchmal auf dem Stuhl und manchmal darunter ...« Sie küsste George und verschwand hinter der Doppeltür. George und Harris waren allein. George wusste nicht genau, wie er sich verhalten sollte. Er hätte sagen können, hör mal, ich bin gar nicht betrunken, doch er hatte Angst, dass Bob dann antworten könnte: Mach dir keine Sorgen. George besuchte Paris, und Bob war gezwungen, sich um den Gast zu kümmern, darauf lief es hinaus. Die ganze Familie erhob sich und sagte: Dieser Mann erlebt die Hölle, sei rücksichtsvoll, sei anständig. Es gab ein weniger wichtiges, doch deutliches Thema: Er hatte kein Recht, sie zu heiraten. Zeig ihm, wo er hingehört. George beachtete das Geflüster nicht, doch er hatte es trotzdem gehört. Er hatte das Gefühl, die einzige Wiedergutmachung, die er anbieten konnte, wäre Florence ihrem Mann wiederzugeben; sie ihm zurückzugeben. Harris bot ihm Gelegenheit dazu. Sie liefen zur Avenue Montaigne zurück und standen dort am Bordstein. Harris hielt nach Taxis Ausschau. Plötzlich sagte er: »Vielleicht lassen sie dich zu Flor. Ich könnte fragen. Vielleicht erkennt sie dich. Das wäre eine gute Sache. Ihr seid euch ziemlich nahegestanden, nicht wahr?«

Das war Georges Chance, und er sagte das Rücksichtsvollste, was ihm einfiel, und das war: »Ehrlich gesagt kannte ich sie kaum. Ich glaube, ich habe meine Cousine in meinem ganzen Leben nur sechsmal gesehen.«

Er gab sie zurück und verzichtete auf alle Anrechte. Sie stand außerhalb der Familie. Harris schien die Bedeutung dieses Schachzugs nicht zu begreifen. Er hob die Hand und winkte ein Taxi heran, und sie stiegen ein. George schwieg.

Etwas war schiefgelaufen. Sie fuhren den Weg zurück, den sie zu Fuß gekommen waren, und auf der Brücke hatte George eine regelrechte Halluzination. Er sah Tante Bonnie und Flor und das Mädchen vom Quai Anatole France als eine Person. Es war eine veränderliche Gestalt, einmal drohend, dann wieder freundlich; von einer Minute auf die andere benahm sie sich wie eine Königin im Exil, weinerlich und hochmütig, exzentrisch von Geburt an, und bemerkte nicht oder kümmerte sich nicht darum, dass die anderen hinter vorgehaltener Hand lachten.

MAVIS GALLANT wurde 1922 in Montreal geboren und wuchs nach dem frühen Tod ihres Vaters an wechselnden Orten in Kanada und den USA auf. Sie begann beim *National Film Board of Canada* und arbeitete einige Zeit als Journalistin für den *Montreal Standard*. Als zwei ihrer Kurzgeschichten von dem Magazin *The New Yorker* angenommen wurden, entschied sie sich 1950, nur mehr vom Schreiben leben zu wollen und ging als freie Schriftstellerin nach Paris, wo sie bis zu ihrem Tod 2014 lebte.

The New Yorker veröffentlichte zwischen 1950 und 1995 mehr als Hundert ihrer Erzählungen. Ihr Werk umfasst zahlreiche Erzählbände und zwei Romane. Im deutschen Sprachraum wurde sie erst Ende der achtziger Jahre entdeckt, die Übersetzungen erschienen bei Rowohlt, S. Fischer und Eichborn.

*

»Ich arbeitete bei einer Zeitung, beim Standard *in Montreal, … und schrieb zu Hause für mich … Ich mochte die Arbeit und mochte das Leben, aber es war nicht das Leben, das ich mir wünschte. Ich wollte in Paris leben und nichts anderes als schreiben und wirklich frei sein … und ich gab meinen Job auf und ging mit achtundzwanzig nach Paris. Ich hielt den Atem an und sprang. Ich hatte nicht darauf geachtet, ob Wasser im Pool war.«*

Mavis Gallant, *Paris Review*, 1999